Das Buch

Daniel und Sven trifft es mitten im Studium:
Studiengebühren!
Der neue geniale Schachzug der Bildungsministerin Zachäus
bringt die beiden in ungeplante Geldnöte.
Noch nicht vom Schrecken erholt, fällt ihnen Geld vor die
Füße und eine Idee, wie man davon noch mehr bekommen
kann, ohne dass viel Zeit vom Studium verloren geht - und
ohne moderne Trickserei, wie man es mit Internet und
Computer kann, sondern ganz klassisch.

Der Autor

Tom Weber, 1974 in Bottrop geboren, studierte
Rechtswissenschaften und arbeitet heute im Bereich Medien-
und Urheberrecht.

Von Tom Weber ist bereits **Tod im Arbeitsamt** erschienen.

Tom Weber

Zachäus Konten

Der Studentenkrimi

nach dem gleichnamigen Hörspiel

Bibliografische Information der Deutschen
Nationalbibliothek:
Die Deutsche Nationalbibliothek verzeichnet diese
Publikation in der Deutschen Nationalbibliografie; detaillierte
bibliografische Daten sind im Internet über
http://dnb.dnb.de abrufbar.

Umschlaggestaltung von Claudia Weber

Herstellung und Verlag: BoD – Books on Demand,
Norderstedt

ISBN: 978-3-7583-2597-7

2003: Die Kartoffel ist Gemüse des Jahres, der dritte Golfkrieg beginnt, in der Provinz Guangdong entwickelt sich die Infektionskrankheit SARS zur Pandemie und in Nordrhein-Westfalen wird die erste Studiengebühr geplant.

2006: Der Echte Thymian ist Arzneipflanze des Jahres, Essen wird zur Kulturhauptstadt 2010 gewählt, Wal-Mart verlässt Deutschland und in NRW kommt eine zweite zu der ersten Studiengebühr dazu.

Heute ist NRW studiengebührenfrei, alle beklagen den Fachkräftemangel, aber nach Corona ist vor SARS: Also keine Sorge, einen Grund für eine Wiedereinführung oder Neuerfindung wird sich schon finden.

Es ist 2006 im Universitätsland Nordrhein-Westfalen...

Daniel war ganz froh darüber, dass man von ihrer Wohnung aus die Universität nicht sehen konnte. Er stand am Küchenfenster der WG und sah in den trüben Morgen. Die Sonne ließ sich nicht blicken. Daniel sah in seine Kaffeetasse, dann wieder aus dem Fenster und überlegte, ob er nicht vielleicht doch eine Jacke anziehen sollte. Der Kurzurlaub nach Spanien war ganz spaßig gewesen, hatte aber ein mächtiges Loch in die Kasse gerissen. Und jetzt saßen sie wieder in dem klammen Wetter. Der Sommer ließ auf sich warten. Während er noch an die Sonne dachte, fiel sein Blick auf Sven und er bemerkte, wie sein Mitbewohner auf der Unterlippe kaute.

Die Wetterumstellung konnte kaum der Grund für sein verkniffenes Gesicht sein. Er hatte einen offenen Brief vor sich.

„Was ist mit dir?" fragte Daniel.

Es war der erste Hinweis, dass dies ein sonderbarer Tag werden würde. Normalerweise öffnete Sven seine Briefe nie am gleichen Tag. Sonst nahm er bestenfalls die Post mit, wenn er vor Daniel aus der Universität kam. Heute war er noch vor dem ersten Kaffee die Post holen gewesen.

Eigentlich konnte man sich einen besseren WG-Mitbewohner als Sven nicht wünschen. Beim Spülen, Müllruntertragen, Mülltonnenrausstellen – da konnte man sich auf ihn verlassen. Aber nicht bei seinen eigenen Angelegenheiten. Und diesmal war er selbst extra zum Briefkasten gegangen.

Wenn er genau darüber nachdachte, dann hatte Sven gar nicht richtig auf ihn reagiert, als er in die Küche kam.

„Was ist?" fragte Daniel nochmal. Sein Löffel klopfte beim Umrühren gegen die Tasse und er fragte sich, ob das heute wirklich das erste Mal gewesen war. Heute war er spät dran und die ganze Woche über vor allen Anderen aus der Wohnung gewesen.

„Hast du deine Rückmeldeunterlagen von der Uni schon?" fragte Sven.

„Nein, wieso?"

„Haben Alex und Judith ihre Unterlagen schon?"

„Die werden doch alle zusammen raus geschickt, oder?"

„Aber du hast deine auch noch nicht. Und das hier", sagte Sven und hielt den Brief hoch, „sind meine. Und jetzt wissen wir auch, dass die neue Studiengebühr alle betrifft. Für die, die ihr Studium beginnen, gibt es erst mal keine Studiengebühr, für die kommt die später, aber alle anderen, die schon studieren, also für uns, gibt's das Studienkontomodell. Hört sich nett an, oder? Studienkontomodell. So ungefährlich. Modell, wie Modellbau und Konto, als ob da einer drauf einzahlt."

„Was?" fragte Daniel verwirrt.

„Kurz und gut: Egal ob du Geld hast oder nicht, auch wenn du bereits studierst, du zahlst. Keine Gnade für die studierende Tochter der Krankenschwester, auch die zahlt, auch wenn sie schon längst studiert."

„Das wird nicht durchgehen", sagte Daniel mit Bestimmtheit. Al guter Jura-Student wusste er Bescheid. „Das Verfassungsgericht sagt seit Jahren in ständiger Rechtsprechung, dass Gesetze mit Rückwirkung nicht nachteilig sein dürfen."

„Die ständige Rechtsprechung des Verfassungsgericht scheint andere nicht zu interessieren: Guck hier", und er hielt die Zahlungsaufforderung hoch. „Man kann es ja mal probieren, scheint da wer zu denken. Und wer wird schon klagen..."

„Dann lass uns klagen. Immerhin studieren wir den Mist, dann soll sich das für uns selbst auch lohnen."

„Vergiss es, die schaffen gerade Fakten. Bis wir mit dem Prozess durch sind, sind wir alt und arm."

Daniel schwieg einen Augenblick. Dann sagte er: „Aber wenn wir sowieso erst demnächst zahlen müssen, dann hat das doch keine Rückwirkung."

„Klar, schließlich zählen die alle deine Semester zusammen, die wir schon in studentischer Armut verbracht haben und nennen das dann Studienkontomodell."

„Oh. Aber die Rechtssicherheit-"

„Offenbar gilt Rechtssicherheit nur für das Recht, das ist vor allem sicher, aber wir sind es nicht."

„Moment – Studiengebühren waren hier bei uns doch kein Thema."

„Nein, damit die Politiker das auch fein weiter sagen können, nennen die das Studienkontomodell: Wer länger als die durchschnittlich errechnete Zeit studiert oder das Studienfach wechselt, zahlt. Keine Ausnahme. Gilt für alle. Oder du schwanger oder behindert bist."

„Ob wir das noch hinkriegen?"

„Und wenn die Studiengebühr dazukommt..."

„Dann sind wir geliefert. Was wollen die von uns?"

„650 Euro im Semester. Also 1300 Euro im Jahr."

Daniel pfiff durch die Zähne. „Wir haben den falschen Job. Staat müsste man sein. Aber ich muss los. Wir sehen uns zum Mittagessen."

Daniel ließ seine Jacke zu Hause. Schließlich musste an diesem Tag ja etwas gut werden, dachte er und dann, dass sie sich den Spanienurlaub vielleicht doch nicht hätten leisten sollen. Jetzt dachte er erst mal daran, die Klausuren an diesem Tag zu überstehen und zum Mittag würde er auf die übrigen Freunde der WG in der Mensa der Uni treffen.

Jeder Hörsaal hatte Ähnlichkeit mit einem Theater oder einem Kino: oben kam man rein und nach unten hin waren Sitzreihen montiert. Und unten spielte dann die Professoren-Show, wie Alexander schlechte Vorlesungen nannte.

In den Universitäten gab es mehrere Hörsäle für die Vorlesungen und darüber hinaus eine Unzahl von Seminar- und Fachräume, die eher Klassenzimmern entsprachen, wenn man sich nicht gerade in einem Labor befand.

Alexander, der von allen nur Alex genannt wurde, saß auf einem Sitz im mittleren Feld von gut 450 Plätzen. Nicht zu weit oben, wo man kaum noch was hörte, wenn der Professor nicht das übliche Mikrofon zum Umhängen benutzte, und nicht zu weit unten, wo man Gefahr lief, vom Professor befragt zu werden. Fiese Professoren bissen sich an einem Studenten fest, wenn sie merkten, dass der nicht gerade auf der Höhe war.

Und wie in jedem Theater gab es auch hier gute und schlechte Stücke.

Nicht selten wurden die Stücke „Das Nichts der Eitelkeit" oder „Die Unfähigkeit anderen was beizubringen" gegeben. Natürlich vom Professor entworfen und eigenhändig inszeniert. Alex sah auf die Bühne für den Professor, auf der wie immer zwei Requisiten standen: ein Tisch und ein Tageslichtprojektor auf einem eigenen Pult.

Wie im Kino, dachte Alex nochmal, nur nicht so komfortabel und längst nicht so spannend.

Als Student saß man auf schlichten, hölzernen Sitzflächen, die klappbar und an einer Lehne festgeschraubt waren, die gleichzeitig die Befestigung des klappbaren Tisches der nächsten, etwas erhöhten Reihe bildete.

Die Sitze waren nicht gepolstert und wie die Notsitze oder die Sitze in den Fahrradabteilen immer hochgeklappt, wenn niemand drauf saß. Dazu mussten die Sitze herunter geklappt werden und nur das Körpergewicht hielt die hölzerne Sitzfläche unten.

Sogar im Zug waren die Notsitze gepolstert, dachte Alex.

Er stützte seine Ellenbogen auf die klappbare Tischfläche und sein Kinn auf die Handfläche. Denn außer den harten Sitzen waren auch die Tischplatten schlichte Holzplatten, die man hoch klappen musste, wenn man aufstehen wollte.

Judith war später zu ihm gekommen und hatte einen Kaffee mitgebracht. Aber sie war noch vor dem Professor da, der die akademische Viertelstunde ausreizte und mehr als fünfzehn Minuten zu spät kam. Der Kaffee war längst ausgetrunken und selbst wenn noch etwas da gewesen wäre, wäre er längst kalt gewesen.

Aber, dachte Alex, es gab doch einen Vorteil gegenüber dem Kino. In die Hörsäle durfte man noch seinen Kaffee mitnehmen. Er dachte an seine Professoren und fand, dass es im Durchschnitt mehr unfähige Professoren als unfähige Drehbuchautoren gab. Aber im Kino würde ein schlechtes Drehbuch nicht auffallen, wenn man den Film ordentlich machte. Er legte sein Kinn auf die auf dem Klapptisch verschränkten Arme.

Die Klapptische standen in einem so unnatürlichen Winkel, dass sie zum Schreiben ungeeignet waren. Man musste die Hand zum Schreiben so halten, dass es nach nur wenigen Zeilen schmerzte.

Alex schloss die Augen und sah den Raum vor sich, mit der Uhr, die an der Seitenwand des Hörsaals hing. Vor geschlossenen Augen sah er, wie sich der Zeiger Mikromillimeter für Mikromillimeter weiter nach vorn schob - langsam, quälend, wie die ständig auf die Stirn eines Gefangenen fallenden Tropfen der chinesischen Wasserfolter – und meinte schon das leise Klacken des vorrückenden Zeigers hören zu können, der sich unaufhaltsam gegen Viertel vor bewegte. Wie Wassertropfen pochte die monotone Stimme des Professors gegen sein Ohr, hallte in den

Hörgängen wieder und kam nur als Hintergrundrauschen in seinem Gehirn an.

Dabei musste er diese Vorlesungsreihe nicht einmal besuchen. Die Klausur war geschrieben und bestanden. Jetzt könnte er draußen vor der Universität in der Sonne liegen und alles kommen lassen, was kommen mag. Es war draußen bestimmt sonnig. Es war draußen immer sonnig, wenn man im Hörsaal saß. Er war nur wegen Judith hier. Sie hatte den Tipp bekommen, dass der Inhalt der Vorlesungen auch in er Abschlussprüfung vor kam.

Eine plötzliche Veränderung der Tonlage, sie war nur minimal, ließ ihn aufhorchen. Rascheln, Rutschen und Bewegungen um ihn herum ließen ihn die Augen öffnen.

„Meine nächste Vorlesung am Mittwoch findet diese Woche am Freitag Morgen statt. Seien Sie also nicht um 16, sondern um 8 Uhr da", sagte der Professor und schaltete den Projektor aus.

„Schon wieder?" Alex hob den Kopf und sah zur Seite. Judith schob ihren Kram in ihre Tasche. Dann kramte er nach seinem Taschenkalender in der Jacke und fand das kleine elastische Büchlein in der Gesäßtasche.

Der Herr Professor fuhr sich durch sein Haar und sah durch die Reihen, in denen sich widerspenstiges Gemurmel und Gebrummel breit machte.

„Seien Sie bitte etwas flexibel und denken Sie bitte daran, bei der letzten Klausur hat sich keiner von Ihnen mit Ruhm bekleckert."

Judith schloss ihre Tasche und sagte leise zu Alex: „Wie auch, bei Vorlesungen, die so zuverlässig sind wie der Fahrplan der Bahn?"

Der Professor stellte sich nochmal an den Projektor.

„Also, Herrschaften... und auch die Damenwelt: Allen Erstsemestern sage ich es immer wieder und Ihnen habe ich es auch gesagt: Wenn Sie über das erste Semester hinaus kommen wollen, dann müssen Sie sich entscheiden: entweder Sie studieren, oder Sie arbeiten. Beides zusammen geht nicht. Und sie sind schon weit über das erste Semester hinaus. Da sollte ich Ihnen das nicht mehr erklären müssen."

„Da arbeite ich", sagte Alex, nachdem er seine Termine überprüft hatte.

„Der Herr Professor auch", meinte Judith und fragte kurz darauf: „Und wieso ist Daniel nicht hier?"

„Wieso? Was ist denn so wichtig?"

„Ach, der hat noch mein Skript."

„Mmm."

Von der Bühnenfläche aus sah der Professor in die Ränge. Jahr für Jahr wurden die Studenten dümmer, fauler, blöder, dachte er. Und die Studiengebühr würde die Qualität auch nicht verbessern. Stattdessen würde er sich mit immer mehr Studenten herumschlagen müssen, die von Mama und Papa versorgt würden und während ihrer Ausbildung das wirkliche Leben niemals kennenlernen würden. Da konnte man nur auf einen schnellen Ruhestand hoffen, bevor es zu arg wurde, dachte der Professor, der noch weit vom Pensionsalter entfernt war. Er schob den Gedanken schnell zur Seite und holte bereits Luft, als ihm die Studentenreihen vor ihm wieder auffielen und er dachte: Wie die Hühner auf der Stange sitzen sie da. Aber wenigstens warteten sie darauf, dass er sie entließ. Studenten, die in Gruppen vor dem Ende der Vorlesung den Hörsaal verließen, waren mittlerweile keine Seltenheit geworden. Laut sagte er:

„Wenn Sie studieren, habe ich Ihnen gesagt, werden Sie die meiste Zeit in den Vorlesungen oder den Arbeitsgemeinschaften verbringen – und wenn Sie da nicht sind, sind Sie in der Bibliothek. Erinnern Sie sich: Wenn Sie Geld verdienen wollen, sind Sie hier falsch. Entweder Sie sind Student und studieren, oder sie gehen arbeiten und verdienen Geld. Wir sehen uns am Freitag Morgen."

Seine Zuhörer verabschiedeten ihn mit dem traditionellen Klopfen der Fingerknöchel auf den Hörsaaltischchen vor ihnen und jetzt schoben auch die letzten ihre Stifte und Papiere in die Taschen.

Judith klappte das Tischchen vor sich hoch. „Manchmal frage ich mich, was der da unten hört und was nicht."

Alex stand bereits. Der Stuhl hinter ihm war durch ein Federsystem von allein hochgeklappt. So entstand ein schmaler Gang zwischen hochgeklappten Tischen und Stühlen, durch den man sich hindurch schieben konnte. „Ist doch egal", sagte er. „Ich würde ihm viel lieber zeigen, wie flexibel wir sind. Ich würde einfach eine Klausur um eine Woche vorverlegen und ihm dann erst eine Woche vor dem Termin Bescheid sagen."

„Ich würde ihm lieber die Klausur ändern, oder glaubst du der Herr Professor kann eine Klausur noch korrigieren, wenn in ihr mal neue Aufgaben stehen?"

„Was meinst du denn damit?"

„Na, einfach die Aufgabenstellung ändern."

„Moment, willst du etwa sagen, der lässt jedes Jahr die gleichen Klausuren schreiben?"

„Wusstest du das nicht? Aber um ehrlich zu sein, nicht jedes Jahr, jedes zweite Jahr. Es könnte ja sein, dass in einem Jahr jemand durch fällt und im nächsten Jahr wieder bei ihm sitzt. Das wäre ja doof, das würde ja auffallen."

„Deshalb also werden die Klausurzettel mit den Aufgaben so sorgfältig nach der Klausur wieder eingesammelt."

Sie gingen mit den anderen die Stufen hoch und durch die Doppeltür hinaus. Draußen war die Luft besser. Sie blieben erst mal wie gewohnt stehen. Außer ihnen waren auch andere noch nicht zum Essen gegangen. Seitdem es in der Universität verboten war zu rauchen, waren die Aschenbecher vor den Hörsälen abmontiert worden. Die Gewohnheit, nach der Vorlesung vor dem Hörsaal stehen zu bleiben, war geblieben. Nur die harten Raucher hatten sich bereits angepasst und waren zum Rauchen nach draußen gegangen.

„Unglaublich", sagte Alex noch.

„Alexander, du kleines Dummerchen, dafür werden Professoren auch nicht bezahlt, um jedes Mal eine neue Klausur zu entwickeln."

Sie hatten Sven bereits gesehen. Er hatte auf Daniel gewartet und die beiden kamen dann zu ihnen.

„Warum wart ihr nicht in der Vorlesung?" fragte Judith sofort. „Vor dem Hörsaal stehen hilft euch auch nicht bei der nächsten Klausur."

„Also", sagte Sven, „Daniel ist entschuldigt, der hat gerade Strafrecht und Erbrecht geschrieben und ich -"

„Sven ist raus", fasste Daniel schnelle Svens Situation zusammen.

„Wieso zwei Klausuren an einem Tag?" wollte Alex wissen. „Du hast Strafrecht aus dem letzten Semester nachgeschrieben..."

„Nein, alles mein Semester und alles an einem Tag. Da soll noch einer sagen, Juristen nehmen es mit allem genau, sind pingelig und vorschriftentreu."

„Strafrecht bei Esslinger?" fragte Sven nach.

„Ganz genau, mit zugeketteten Fluchttüren."

„Was?"

„Ja, hier würde es schon nicht brennen, meinte der gute Essi: Dann verschwand er und überließ die Aufsicht seinem Assistenten."

„Einfach so?" fragte Alex, dann fiel ihm ein: „Und als gute Juristen müssten wir uns jetzt eine Eingabe ans Dekanat überlegen, dass du die Klausur anfechten willst, weil du die ganze Zeit Angst hattest bei einem Feuer nicht raus zukommen."

„Klar, das läuft dann so wie wenn du krank warst und ein Attest vorlegst: Du musst trotzdem zum Prof in die Sprechstunde, kriegst ein paar Fragen und dann sagt er dir, ein Termin um die Klausur nach zuschreiben würde sich eh nicht lohnen."

„Wie, nicht lohnen?"

„Sag mal Alex", fing Daniel an, „du studierst doch schon eine Weile, du solltest doch die Kniffe kennen."

„Ja, die fürs Studium, die kenne ich, aber nicht die Kniffe der Professoren. Da kommen immer wieder neue."

„Also, er lässt dich in seine Sprechstunde kommen und stellt dir ein paar Fragen und dann sagt er dir, er habe genug gehört und jetzt wisse er du die Klausur eh nicht bestehen würdest. Dann schickt er dich nach Hause. Und so muss sich der Professor nicht mit einer neuen Klausur belasten."

„Da wir nun alle eingesehen haben, dass das nichts bringt", warf Sven ein, „könnten wir dich zumindest fragen, ob sich die Weisungskompetenz eines Professors auch auf Naturgewalten wie Wasser, Feuer und so weiter auswirkt. Ich meine, wenn ja, dann sollte jedes Haus einen haben."

„Was ist eigentlich mit dir?" fragte Judith ihn, nachdem Sven so lange geschwiegen hatte. „Was heißt, du bist raus?"

„Na ja, noch nicht ganz, aber heute sind die Rückmeldeunterlagen gekommen. Habt ihr eure auch schon?"

„Nein", sagte sie.

„Also, ich soll Studiengebühren bezahlen, weil ich zu lange studiere. Und ich kann nicht noch einen Tag in der Woche arbeiten."

„Und deine Eltern?"

„Die schneiden sich die Kohle auch nicht aus den Rippen."

„Und jetzt?" fragte Judith.

„Keine Ahnung... Hundescheiße im Stadtpark aufsammeln für ein Euro fünfzig."

Daniel sah Sven von der Seite an: „Bist du dafür nicht überqualifiziert?"

„Bestimmt. Aber das Arbeitsamt – oh, Verzeihung, das heißt ja jetzt Agentur für Arbeit – hat Aussteigermaßnahmen für Studierende."

Dann griff Sven seine Tasche fester, die er unter dem Arm trug und sagte: „Wahrscheinlich heißt der Verein Agentur, weil sich das nicht so verpflichtend anhört wie „Amt". Und wenn die Idee, anderen Arbeit zu verschaffen, irgendwann völlig aufgegeben wird, dann wird der Laden wirklich „Verein für Arbeit" heißen. Können wir jetzt essen gehen? Mich macht schon das Reden über Verwaltungshengste hungrig."

Trotzdem gingen sie sehr gemütlich Richtung Mensa.

„Und die Studiengebühr hat jetzt einen anderen Namen?" fragte Judith.

„Das ganze", antwortete Daniel, „heißt Studienkontomodell, damit die Studentenabzocke gemütlicher klingt und nicht so gemein, kalt und hartherzig wie Studiengebühr."

„Aber das Studienkontomodell ist doch etwas völlig anderes."

Sven hatte sich längst etwas zu Essen ausgesucht. „Für mich", sagte er einfach, „hat es dieselbe Wirkung."

Sie suchten sich einen Platz am Fenster und konnten in einen sonnigen Tag hinaus sehen, als sie sich setzten.

Sven war, während sie aßen, mit den Gedanken weit entfernt von dem Ende seines Studiums. Er unterhielt sich mit Judith und Alex über ihre ersten Examensarbeiten, während Daniel Judith beim Essen und Sprechen vergnüglich zusah. Erst als sie längst den Nachtisch hinter sich hatten, meinte Judith, dass es schon komisch sei, dass nicht nur die Studienanfänger von den Studiengebühren betroffen waren, sondern auch die Studenten, die schon längst im Studium standen und sich gar nicht auf die Regelung vorbereiten konnten.

„Schließlich", sagte Judith, „hast du dein Studium unter anderen Bedingungen begonnen. Als wir anfingen zu studieren, gab es das Gesetz doch noch nicht", sagte sie.

Daniel fand mittlerweile, dass das Thema erschöpft war. Der Sachverhalt war klar, jetzt müsste man handeln, dachte er. Und so sagte er nur: „Aber wir wussten vorher, dass man sich als Student zu einem Mönchsleben verpflichtet. Inklusive lebenslanger Armut, nur wie weit wir unter der Armutsgrenze leben, wussten wir nicht."

„Wo liegt denn die Armutsgrenze?"

„Bei 838,82 Euro", sagte Sven sofort, „ich hab nachgesehen. Und ich hab im Moment noch weniger."

„Wir haben alle definitiv weniger", meinte Daniel.

„Außer Judith. Die hat mehr", meinte Alex. „Aber nachher kriegen wir mehr Lohn als Azubis nach Abschluss der Lehre."

„Ja, die Legende lebt. Wisst ihr, was Steffen jetzt macht?"

„Welcher Steffen?" wollte Sven wissen.

„Unser AG-Leiter, bei dem wir Strafrecht gemacht haben", erinnerte Daniel ihn. „Er hat einen 20 Stunden-Vertrag bekommen und kriegt eins-zwo."

„Hört sich doch gut an", meinte Alex. „Für den Anfang nicht schlecht."

„...und arbeitet tatsächlich 42 Stunden", fuhr Daniel fort. „Ein hoch auf die akademische Ausbildung! Nur, dass andere für ihre Ausbildung bezahlt werden. Wir haben unsere Ausbildung, müssen dazu noch arbeiten und alles ohne Rentenversicherung – und was sind wir danach? Arbeitslos!"

„Na, na, nicht so pessimistisch. Jeder findet schließlich einen Job", fand Judith.

Daniel sah sie nur kurz an. „Und sei es bei McDonalds oder Ikea."

„Was auch nicht das Schlechteste ist."

„Wofür ich aber nicht hundert Jahre studiere. Und ich verschwende nicht die besten Jahre meines Lebens in der Uni und dann sagt man dir: Okay, bis hierher bist du gekommen, willst du weiter, musst du zahlen. Und denn nächsten Schritt können wir uns doch auch vorstellen. Erst zahlen die Studenten und damit alles bald bestimmt gerechter wird, muss dann auch der Gas-Wasser-Scheiße-Lehrling für seine Ausbildung zahlen."

Sven blieb da ganz kühl. „Er könnte ja einen Kredit aufnehmen und den zurückzahlen, wenn er arbeitet. Sollen wir ja auch."

„Genau, damit wir alle schön verschuldet sind, wenn wir aus der Uni kommen", fuhr Daniel fort. Und als die anderen nichts sagten, sagte er mit süffisantem Lächeln: „So ein Arbeiterkind soll es ja nicht einfacher haben als die anderen Kinder, deren Eltern dafür gearbeitet haben, dass ihre Kinder zur Uni gehen dürfen."

„Obwohl", meinte Sven, „es ein Risiko ist, jemandem einen Kredit zu geben, der gar nicht über die Verbindungen verfügt, die man braucht, um nachher einen Job zu bekommen, mit dem man es sich leisten kann, einen Kredit abzuzahlen."

„Also doch kein Kredit für uns", sagte Daniel. „Wir können ja eine Bank überfallen."

Sven winkte ab. „Du weißt doch wie es heißt: Überfallen Sie keine Bank, machen Sie eine auf."

Alex grinste. „Ihr hättet euch nicht mit den ganzen Praktika rumschlagen sollen. Das ist die erste Lektion fürs Arbeitsleben: Mach nie mehr als verlangt. Erfahrungen in der Praxis sind wertvoll, stören aber bei der Karriere."

Daniel stand auf und nahm das Tablett, um es auf den nächsten Tablettwagen zu stellen. „Also, ich bin für eine kleine Karriere-Pause. Wie wäre es mit einem kleinen Bierchen, schön in der Sonne, und dazu ein Zigarettchen?"

Sven stand auch auf. „Zigarettchen? Lass uns zwölf bis dreiunddreißig rauchen."

„Aber lass dir nicht wieder shit andrehen."

„Willst du gehen?"

„Ich komm wohl mit. Wie sieht's mit euch aus?"

Alex und Judith hatten dem Gespräch zwischen Sven und Daniel sprachlos zugehört. Jetzt sah Alex Judith kurz an und sie sagte: „Also Jungs, für uns ist noch nicht alles zu Ende. Wir müssen zum Zivilrecht."

„Beim Herrn Dekan", ergänzte Alex.

„Für mich ist das bald vorbei", sagte Sven.

„Ihr wollt wirklich nicht?" fragte Daniel an Judith und Alex gewandt. „Das Wetter ist ganz schön – und man weiß nie wie lange das so bleiben wird."

„Für uns wird es noch viele schöne Tage geben", entgegnete Judith.

„Macht's gut", sagte Sven langsam und Daniel klang etwas abwesend als er sagte: „Tschüss Babe."

Sie ließen die beiden in der Mensa zurück und gingen in die Sonne.

Und erst als sie aus dem Supermarkt kamen, fragte Sven:

„Sag mal, warum nennst du sie eigentlich noch Babe? Ihr seid jetzt - wie lange auseinander?"

„Ewigkeiten. Wieso? Willst du sie Babe nennen?" Daniels Grinsen war sehr breit.

„Achwas. Ist mir nur aufgefallen."

„Dann lass dir mal einfallen, wo wir es uns gemütlich machen."

„Da, auf dem Rasen." Sven deutete mit dem Six-Pack in der Hand auf eine Bank, die gegenüber des Supermarkt-Eingangs stand. „Da sind wir auch nicht all zu weit vom Nachschub weg."

Daniel sah kritisch auf den Platz. „Das nennst du Rasen?"

„Es ist mehr Gras als Sand an der Bank und jetzt komm."

„Ja, so ein Rasenstück auf einem Parkplatz ist doch was Romantisches. Wo hast du denn die Ziggis?"

„Die waren zu gut bewacht."

„Willste eine von meinen?"

„Von deinen?"

Daniel sagte leichthin: „An meiner Kasse kam man gut an die Ziggis ran."

Sie nahmen beide den ersten Zug und irgendwie hörte es sich nach einem Porno an, als beide „Ahhh" sagten.

Eine Weile sahen sie auf den Eingang des Supermarktes oder in den blauen Himmel bis Daniel sagte: „Und jetzt, Herr Kollege?"

„Mhm?"

„Was würden Sie jetzt mit uns tun?" Daniel hielt die geklaute Schachtel Zigaretten hoch.

„Du vergisst, dass ich kein Jurist bin und es jetzt auch nicht mehr werde."

„Das ist ja auch kein Beruf, das ist eine Einstellung."

„Also dann, Klage gar nicht erheben, sondern einstellen nach § 153 Absatz 1 Strafprozessordnung."

„Wegen Geringfügigkeit."

„Kein Staatsanwalt macht sich die Mühe und schreibt dafür eine Klageschrift. Nicht für eine Schachtel Zigaretten."

Daniel befreite noch eine Flasche Bier aus dem Sixpack und lehnte sich mit ausgestreckten Beinen zurück. Er blinzelte in die Sonne und sagte: „Zu dumm, dass ich meine Sonnenbrille nicht mit habe. Aber wer konnte schon ahnen, dass aus einem Gang in die Uni ein Sonnenbad werden würde?"

Nach einer Weile und einem weiteren Bier warf Sven die Verpackung weg und sagte: „Also das Bier...", schwieg dann kurz und fuhr dann fort: „Das ist der Anfang des Abstiegs. Wir sitzen hier, es ist gerade Mittag, und zischen die Bierchen weg. Wir verwahrlosen und werden zu Pennern."

„Nur, dass Penner nicht vorher in der Uni essen", entgegnete Daniel.

„Wir sind Edelpenner", sagte Sven frustriert.

Daniel hingegen genoss die Situation in vollen Zügen. Insbesondere die Sonnenstrahlen ließ er sich gefallen. Er blinzelte wieder. Aber trotz der Sonne war ihm etwas aufgefallen, was Sven nicht wahrgenommen hatte: Gerade fuhr ein Geldtransporter vor dem Eingang des Supermarktes vor.

„In so einem Geldtransporter", sagte er in die Luft hinein, „was da wohl an Geld drin ist?"

Der Wagen parkte mit der Rückseite zu ihnen.

Sven sah auf. „In dem da? Die Tageskasse, was kann das schon sein?"

„Kommt drauf an."

Sven sah Daniel aus den Augenwinkel an. „Aber das lohnt sich für den Staatsanwalt auf alle Fälle. Das wird so richtig teuer."

Daniel ließ den Wagen nicht aus den Augen. „Nun ja, immerhin sind in der Uni Juristen und Theologen die größten Diebe, das ist doch bekannt."

„In der Uni-Bibliothek, ja, aber ich meinte... stell dir vor wir kriegen die Höchststrafe und rechne das in einen Stundenlohn um. Das lohnt sich nicht."

„Höchststrafe? Du Pessimist! Und auch ohne Studiengebühr wäre das ein schöner Zuverdienst."

Einer der Sicherheitsleute kam mit einem Koffer aus dem Supermarkt, der wie ein Pilotenkoffer aussah. Die Hand des Sicherheitsmannes war nicht zu sehen, sie war durch den oberen Teil des Geldkoffers verdeckt. Offenbar war der Griff unter einem Überbau versteckt, der auch die Hand verdeckte.

Er ging an die Rückseite des Wagens und öffnete eine der beiden Hecktüren. Sven und Daniel konnten nicht mehr sehen, was passierte. Der Rücken des Sicherheitsmanns verdeckte die Ladefächer.

Er hatte den Koffer in den Wagen gestellt und schloss die Tür. Er ging mit freien Händen zur Beifahrerseite und stieg ein.

Der Geldtransporter fuhr an.

„Und jetzt fahren die Mäuse weg."

„Ja, da fahren sie hin."

Langsam fuhr der Geldtransporter an ihnen vorbei.

Sven sah wieder in den Himmel, während Daniel den vorbeifahrenden Geldtransporter im Auge hatte. Auf der Wagenseite war der Firmenname aufgetragen und auch auf dieser Seite gab es eine Tür, aber nur eine kleine. Der Wagen fuhr vorbei und Daniel betrachtete die Rückseite. Die bestand aus einer Doppeltür und oben seitlich ein Spiegel, durch den man von der Fahrerkabine aus die Rückseite sehen konnte. Aber scheinbar konnten die Sicherheitsleute nicht sehen, was Daniel auffiel: Ein langer Schatten zog sich in der Mitte der Rückseite von oben nach unten an den Türen entlang.

„Sieh mal da!" rief Daniel. Er sprang auf.

„Was?"

„Der Geldwagen!"

„Was denn?" fragte Sven und rief mit erstickter Stimme: „Mach keine Scheiße!"

Als er es auch gesehen hatte, ahnte er, was Daniel vor hatte.

Direkt neben der Einfahrt zum Supermarkt stand eine Ampel. Das Signal war eben erst auf Rot gesprungen. Der Geldtransporter würde kurz anhalten müssen. Lange genug, dachte Daniel.

„Ich bin doch nicht blöd! Guck doch, die Tür ist nicht zu! Du verbiegst den Spiegel hinten und ich nehm' zwei Koffer!"

Daniel war schon hinter dem Wagen und Sven hatte Mühe zu ihm aufzuschließen. Während er lief, fragte sich Sven, warum er eigentlich hinter Daniel hergelaufen war. Schließlich liefen sie beide sehenden Auges in ihr Unheil. Er hätte einfach sitzen bleiben können und Daniel wäre auch stehengeblieben. Stattdessen verbog er den Spiegel, der an der Rückseite montiert war und es dem Fahrer eigentlich ermöglichen sollte, die Hecktüren im Auge zu behalten. Und von den Hecktüren war nur eine zu. Jetzt konnte der Fahrer nur noch die geschlossene Tür sehen.

Svens Herz schlug schneller. Er fühlte die Hitze und dachte: So, nach hinten sehen die erst mal nichts mehr.

Sven zog dann erst einen, dann einen zweiten Geldkoffer aus dem Wagen.

„Was machst du denn da?" Daniel hatte sich bereits zwei Kisten gegriffen und war schon auf dem Rückzug, als Sven zugegriffen hatte. Er folgte Daniel über den kürzesten Weg weg vom Parkplatz durch die Hecke und hetzten über die schmale Straße dahinter. Daniel hatte das nächste Gebüsch im Sinn und Sven folgte ihm. Eine Straße weiter war ein Spielplatz, umgeben von Bäumen und Sträuchern. Sie liefen durch die Sträucher und setzten sich in den Sand, völlig außer Atem.

„Diese Scheiß-Dinger sind verdammt schwer! Und wo ist der Griff?" maulte Daniel, als er wieder zu Atem kam.

„Sei froh, dass der Griff nicht dran ist, der würde aus unserem Geld Mäusekacke machen wenn wir die Dinger aufmachen."

„Was?"

„Ich weiß es nicht so genau – der Griff sprüht Farbe oder Säure in die Geldkoffer, wenn er ohne passenden Schlüssel geöffnet wird. Abgesehen davon gibt er einen ganz herrlichen Alarmton ab, der sich auch gut als Klingelton für dein Handy macht."

„Was ist gegen meinen Klingelton zu sagen?"

„Alles ist besser als Britney Spears."

Sie blieben eine Weile sitzen. Sven hoffte die ganze Zeit, es möge kein Kind kommen und dachte daran, was sie alles an Spuren an der Bank zurückgelassen hatten. Niemand durfte die beiden Biertrinker auf der Bank vor dem Supermarkt mit den Dieben am Geldtransporter in Verbindung bringen. Verdammt, verdammt, verdammt! dachte er jetzt. Hätte er nur die anderen beiden Kisten stehen lassen! Bei zwei Kisten hätte man noch von einem Einzeltäter ausgehen können, aber vier Kisten waren so schwer, die konnte nicht ein Täter allein mitnehmen. Jetzt mussten die von mindestens zwei Tätern ausgehen. Und wie viele Leute hatten auf der Bank gesessen und Bier getrunken und ihren Speichel samt DNA an den Flaschenhälsen zurückgelassen? Sven steckte beide Hände in den Sand des Spielplatzes und griff fest zu. Dann sagte er:

„So, Monsieur Flambeaud, Meisterdieb aller Zeiten, wir haben ein Problem: Erstens können wir nicht weiter rennen, sonst fallen wir auf und jeder erinnert sich an unsere Gesichter. Wenn nicht schon irgendeiner beim Supermarkt auf uns aufmerksam geworden ist und sich gerade jetzt der Polizei zur Verfügung stellt."

„Und zweitens?"

„Zweitens, Monsieur Lupin, fallen diese Kisten auch auf, wenn wir nicht rennen."

„Sven, deine klare Analysefähigkeiten hab ich an dir immer am meisten geschätzt. Ich hole Judiths Auto."

„Bist du verrückt? Und ich bleibe mit den Kisten hier?"

„Was ist denn dein Vorschlag?" fragte Daniel giftig zurück, „die Kisten hier im Sand eingraben und in der Dämmerung zurückkommen und sie rausholen? Oder der Universitätsverwaltung schreiben, sie können jetzt unsere Studiengebühr haben, sie brauchen nur auf den Spielplatz zu gehen und sie ausgraben? Wir können das gerade nicht, weil wir vor den Bullen flüchten. Vielleicht schicken wir denen noch eine Schatzkarte."

Sven ließ ihn reden und dachte nach.

Als Daniel fertig war und Sven nichts sagte, sah Daniel auf die Koffer und rieb sich das Kinn.

Sven zählte die Mülleimer auf dem Spielplatz ab. Er stand auf und sah in jeden hinein. In einigen war etwas Müll. Einige waren gut gefüllt. Daniel sah ihm zu.

„Was ist? Denkst du über eine Anstellung als Müllmann nach?"

Sven sah ihn kurz an. „Ich dachte eher daran, wie wir von hier fliehen können und unerkannt das Geld mitnehmen können."

„Na dann."

„Wir packen die Kisten in die Mülltüten, die in den Mülleimer hängen. Wir nehmen alle Mülltüten raus, packen allen Müll in eine Tüte und die Kisten in die leeren Tüten. Du holst den Wagen und ich warte bei den verpackten Mülltüten."

„Okay", sagte Daniel nur.

„Niemand wird ein paar volle Mülltüten neben den Mülleimern beachten."

Als Daniel unterwegs war und Sven sich nach getaner Arbeit auf eine Bank setzte, fiel ihm auf, dass aus den Mülltüten die Kanten der Geldkoffer hervor sprangen. Sie sahen nicht gerade wie gewöhnliche Mülltüten aus. Und je länger er wartete, desto mehr wurde ihm bewusst, wie nahe er noch am Supermarkt war. Und er hatte keine Ahnung, was die Polizei macht, wenn ein Geldtransporter ausgeraubt wird. Würden sie Straßensperren aufstellen? Er hatte noch nie im Leben eine Polizeisperre gesehen, aber er hatte auch noch nie einen Diebstahl gesehen. Würden sie die Umgebung absuchen? Wenn ja, wie weit würden sie die Gegend absperren? War er jetzt noch im Bereich der Absperrung? Das nächste spontane Verbrechen, dachte Sven, müsste besser geplant sein.

Er hoffte nur, dass Daniel bald zurück kam, denn langsam musste er aufs Klo. Diese verdammten Bierchen, dachte er. Und wie schnell würden sie die Hinterlassenschaften auf dem Parkplatz finden? Würden die Polizisten überhaupt danach suchen? Langsam wurde es für seine Blase unangenehm. Und er wollte nicht noch eine weitere Stelle so nahe am Tatort markieren.

Sven versuchte sich damit zu beruhigen, dass den Fahrern des Geldtransporters vielleicht erst beim nächsten Aussteigen auffallen würde, dass ihnen etwas fehlte.

Sven zuckte zusammen, als jemand zu dem Spielplatz kam: Ein Mann mit Hund. Der Hund war groß. Er schnupperte am Weg. Sven bemühte sich, uninteressiert auszusehen. Sven sah in Richtung der Schaukel. Der Mann zog an der Leine des Hundes. Der Hund trabte an und Hund und Herrchen gingen auf der anderen Seite des Spielplatzes den Weg weiter.

Sven sah auf seine Uhr. Daniel war erst fünfzehn Minuten weg. Unglaublich – es kam ihm länger vor. Ein Auto fuhr in die schmale Straße. Es fuhr an dem Spielplatz vorbei. Danach war es wieder ruhig.

Sven sah sich die niedrigen Häuschen an, die an der Straße standen. Vier waren es. Über Platzmangel zwischen den Häusern konnten sich die Bewohner nicht beklagen. Und über den Lärm auch nicht. Die Hauptstraße war kaum zu hören. Aber seltsam fand es Sven doch, dass er aus den vier Häusern bisher niemanden und nichts gesehen hatte. Keine Frau, die vom Einkaufen kam, keine Kinder, die von der Schule kamen und Mittagessen wollten, kein Fenster, das geöffnet oder verschlossen wurde.

Ob die Polizei die Häuser geräumt hatte? Wenn sie Daniel schon hatten – nein, sagte er sich, so schnell waren die auch nicht. Aber was, wenn sie wirklich die Umgebung abgesperrt hatten und Daniel nicht hereinkam?

Sven beschloss das alles zu ignorieren. Er beschloss, dass er einfach nur nicht darauf geachtet hatte, was in den Häusern geschieht. Und der Mann mit Hund, der vorhin hier gewesen war, beschloss Sven, wohnte in einem der Häuser, auch wenn er zunächst nicht davon ausgegangen war.

Sven saß auf der Bank und wartete. Er schloss die Augen und rutschte nach einer Weile immer weiter zur Sitzkante, bis er auf dem Rücken saß. Die Sonne schien durch das Laub der Blätter über ihm. Sie malten ein Muster auf seine Lieder, dass er mit geschlossenen Augen sehen konnte.

Doch ruhig wurde er davon nicht.

Er hatte die Schritte nicht gehört. „So, Freundchen, hab ich dich."

Sven fuhr hoch. Er sah gegen die Sonne und als er Daniel erkannte, hätte er ihm eine Klatschen können.

„So passt du also auf."

Sofort wanderte Svens Blick zu den Mülltüten. Sie waren alle noch da.

„Wo ist das Auto?" fragte Sven.

„Auf der anderen Seite. Los jetzt."

Als sie die Mülltüten in den Kofferraum luden, kamen einige Leute vorbei, die überhaupt nicht auf sie achteten.

„Ach, was ist das herrlich", sagte Daniel während der Fahrt, „in einer Gesellschaft zu leben, in der man sich für die anderen nicht interessiert."

„Vielleicht haben die bis jetzt noch nicht gemerkt, dass denen was fehlt."

„Das glaubst du doch wohl selbst nicht."

„Ich hoffe es. Hast du denn keine Polizisten gesehen?"

„Nein."

„Das ist doch alles sehr merkwürdig."

„Ich gebe aber zu, ich habe auch keinen gesucht."

„Vielleicht bringen die was in den Nachrichten."

„Wenn, dann am ehesten im Lokalprogramm."

„Gibt es ein Lokalprogramm im Radio?"

„Ich habe keine Ahnung, ich hör so selten Radio."

„Gucken wir uns das Lokalfernsehen nachher an."

Zu Hause ging Daniel erst mal allein in die Wohnung, um zu sehen, ob die anderen da waren. Sie wollten auf keinen Fall, dass jemand Judiths Auto stiehlt und das Geld gleich mit. Also blieb Sven zunächst am Auto. Als Daniel festgestellt hatte, dass die Luft rein war und ihre beiden Mitbewohner wahrscheinlich noch in der Uni waren, trugen sie die Mülltüten in die Wohnung.

Sven holte Gummihandschuhe aus der Küche. Sie schnitten die Tüten vorsichtig seitlich auf, so dass die Kisten, an denen zum Teil noch der Dreck der Mülltüten vom Spielplatz klebte, nicht den Boden verschmutzten.

„Und jetzt?" fragte Sven. Dass er auf die Toilette gehen wollte, hatte er völlig vergessen.

„Jetzt lohnt sich das Einlochen schon eher."

„Also deine großartigen Kenntnisse der Strafprozessordnung nützen uns jetzt nicht weiter, meinst du? "

„Ich würde uns empfehlen, dass wir uns stellen."

„Was?"

„War'n Witz."

Daniel fummelte an der Kiste herum.

„Und wie kriegen wir die verdammten Kisten auf?"

„Lass uns im Internet nachsehen. Da findet man doch sonst auch alles, Tipps zum Selbstmord, zum Atombombenbau, da werden wir ja wohl auch Kniffe für dieses lächerliche Problem finden."

„Wann kommen denn die Lokalnachrichten im Fernsehen?"

„Lass uns gleich nachsehen. Erstmal sichern wir die Beute und vernichten die Beweismittel."

Sven musste wieder an die DNA-Spuren denken, die sie höchstwahrscheinlich an der Bank zurückgelassen hatten.

Daniel zündete sich eine Zigarette an. „Mach das Fenster auf, diese Mülltüten haben kein nettes Aroma."

„Alex und Judith!" rief Sven, als er ein Geräusch hörte. „Mach deine Kippe aus!"

Daniel hatte andere Sorgen: „Mach, mach, mach, versteck die Dinger!"

Sie wickelten kurz die Tüten wieder zusammen, so dass die Koffer nur so eben verdeckt waren und sprangen schnell ins gemeinsame Wohnzimmer.

Daniel setzte sich an den Esstisch, zog ein Fachbuch aus der Tasche und gab Sven einen Stoß Blätter in die Hand. Sven las sie unwillkürlich. Wenn das die Hausarbeit war, an der Daniel seit zwei Wochen arbeitete, dachte Sven, dann gab es noch viel zu überarbeiten. Unbewusst ordnete er das Blätterwerk, als Judith und Alex hereinkamen. Sven überlegte, ob es irgendetwas in seinem Zimmer gab, das Judith oder Alex jetzt hätten haben wollen. Bestimmt roch es darin immer noch nach Mülleimer. Auf keinen Fall durften die beiden in sein Zimmer.

„Hallo", begrüßte Judith sie. Sie war recht fröhlich, im Gegensatz zu Alex, der einen etwas angeschlagenen Eindruck machte.

„Hi", sagten Sven und Daniel.

Alex warf nur kurz seine Jacke ab und warf sich selbst dann auf die Couch.

„Wir bleiben nicht lange", sagte Judith. „Wir gehen noch ins Kino."

Alex wirkte noch weniger erfreut. Daniel wusste, dass Kinoabende für Judith der Hochgenuss eines romantischen Abends waren. Alex würde mindestens zwei hochromantische Filme sehen müssen. Judith kostete Kinobesuche gern aus.

„Und ihr zwei?"

„Ich werde lesen", sagte Daniel bestimmt.

„Ich werde ganz stumpf fernsehen."

„Ach, bist du immer noch so niedergeschlagen?" Judith hatte das bestimmt nicht gewollt, aber ihre Fröhlichkeit ließ gerade kein Mitgefühl erkennen.

Alex machte den Fernseher an und zappte durch das Programm.

„Och", antwortete Sven, „wir haben uns den ganzen Tag vergnügt."

„Ist was wichtiges passiert?" wollte Daniel wissen.

Alex blieb gerade bei einem Programm und sah sich ein paar Cartoons an. Er hörte gar nicht zu.

Judith meinte: „Nein, weder der Dekan noch sonst jemand hat uns einen aufregenden Tag gebracht."

Alex schaltete mit der Fernbedienung weiter.

„Ich finde das alles schon genug aufregend für mich."

„Und wir wissen immer noch nicht, was nun mit der Studiengebühr wirklich wird."

Alex zeigte mit der Fernbedienung auf den Fernseher und sagte: „Dann wird euch das hier interessieren."

„Was ist das?" fragte Daniel.

„Unsere Ministerin ist im Fernsehen."

„Wer ist unsere Ministerin?"

„Frauen, Jugend, Sport, Kultur, Bildung: Mehr macht sie gar nicht."

„Also Minderheiten-TV, ja?"

Im Fernsehen war eine Frau mittleren Alters in Kostüm mit seltsamer Kette um den Hals zu sehen. Die Journalistin sah man gerade nicht, aber man konnte ihre Stimme hören, die gerade sagte:

„Frau Minister Zachäus, Studiengebühren sind aber ein Thema, das auch in anderen Bundesländern diskutiert wird."

„Das ist richtig", sagte die Ministerin sofort.

„Aber bei uns ist die Studiengebühr durch die Hintertür eingeführt worden."

„Nein, es gibt bei uns keine Studiengebühr. Wir haben uns an dem Studienkontomodel orientiert. Erst wenn die Regelstudienzeit überschritten ist oder das Studienfach gewechselt wird, erheben wir eine Gebühr von 650 Euro im Semester."

„Also keine Studiengebühr."

„Nein, das haben wir nicht vor."

Leise und ohne jede Betonung kommentierte Daniel: „Niemand hat die Absicht eine Mauer zu errichten", und zitierte damit Walter Ulbricht, ohne sich um das Urheberrecht des ehemaligen DDR-Chefs zu kümmern.

Und Sven fügte ironisch hinzu: „Und die 650 Euro sind also keine Studiengebühr, nur eine Langzeitgebühr. Das ist natürlich was völlig anderes und längst nicht so schlimm."

Die Ministerin fuhr fort: „Bei Studienantritt hat jeder Student eine angemessene Zeit zum Studieren zur Verfügung. Nur wer die Zeit nicht nutzt, muss zahlen. Und dann stehen den Studenten Kredite zur Verfügung, um ihr Studium zu beenden. Deshalb nennen wir es Studienkontomodell, weil von diesem Zeitkonto der Student profitiert."

„Angemessen?" Svens Stimme hatte wesentlich mehr Betonung als Daniels zuvor.

„Kredite?" rief Daniel fast zeitgleich mit Sven. „Gut, dass Frau Ministerin Zachäus nicht noch hinzugefügt hat, dass die auch angemessen sind! Wisst ihr, wie viel die Verbrecher für die Studienkredite an Zinsen nehmen?"

„Und wir profitieren von dem, was sie uns wegnehmen", erinnerte Sven an die Worte der Ministerin. „Ich bitte das nicht zu vergessen."

„Warte, warte", sagte Sven, „es geht noch weiter."

Ein Teil der Argumente der Ministerin war unter den empörten Rufen der beiden untergegangen. „Nehmen wir eine Krankenschwester an", sagte Ministerin Zachäus jetzt, „die zahlt Steuern, wie alle anderen Arbeitnehmer auch. Und mit ihren Steuern würde sie damit auch dem Arztsohn das Studium bezahlen. Wenn ihr Kind es aber schafft, das Abitur zu machen, was zumeist nur die Kinder höherer Einkommensschichten schaffen und dann studieren, wäre es nur für die einzelne Krankenschwester eine Belastung und ihr Kind würde während des Studiums arbeiten und auch gleich unersetzliche Erfahrungen sammeln."

„Was?" rief Daniel.

Sven hatte den Anfang des Interviews noch nicht verdaut. „'Wer die Zeit nicht nutzt'", zitierte Sven die Ministerin spöttisch. „Als ich anfing zu studieren gab es das Studienkontomodell nicht. Aber jetzt wird's eingeführt und es betrifft einen sofort. Wie soll man da Zeiten nutzen, die es gar nicht gab?"

„Wie oft muss ich es denn noch sagen: Du hättest eben nicht so viele Praktika machen sollen", sagte Alex jetzt. „Praktische Arbeit ist eben gut für den Job, aber nicht für's Studium."

„Heyhey", sagte Judith jetzt, „wolltet ihr das nicht hören?"

„Ich weiß nicht, ob ich *das* hören wollte", meinte Daniel.

Die Ministerin im Fernsehen sprach weiter darüber, wie gerecht das Studienkontomodell sei. „Zum einen", hob sie hervor, „waren ja viel höhere Gebühren geplant. Etwa 1000 Euro haben manche Parteifreunde gefordert. Es hat viele Vorteile, so gibt es keine grundsätzliche Studiengebühr."

„Mach das bitte aus, ich bin schon depressiv genug."

Daniel schaltete das Gerät aus.

„Hatte sie nicht selbst auch 1000 Euro gefordert?"

„Sie hat gesagt, als ihr euch so aufgeregt habt, dass man seine Praktika in den Semesterferien machen kann, die seien ja lang genug oder ein Freisemester beantragen könnte."

„Ja, wenn ich jetzt anfangen würde zu studieren, dann könnte ich das einplanen."

„Achja?" warf Daniel ein. „Und hast du vergessen, dass du in der vorlesungsfreien Zeit deine Hausarbeiten schreibst und arbeiten gehst?"

„Oh." Sven dachte einen Augenblick nach. „Sagt mal", fing er dann an, „hieß nicht der Zöllner in der Bibel Zachäus?"

„Nein, das ist doch der Tote, der erweckt wurde", meinte Alex.

„Nein, das war der Arme", sagte Daniel.

„Nun ja", sagte Sven, „in der Geschichte gab's wenigstens ein Happy-End."

„Das glauben *wir*. Aber wir wissen nicht, was mit Zachäus nach seiner Wiedererweckung passiert ist. Vielleicht haben seine Freunde und Verwandte ihn für ein untotes Monster gehalten oder er litt unter einer furchtbaren Krankheit und hatte noch ewig große Schmerzen bis er dann endlich doch starb."

„Also, noch ist Zachäus nicht aufgewacht."

„Vielleicht war der Tote, der erweckt wurde, Zöllner."

„Moment", sagte Judith, räusperte sich und zitierte, ohne es zu wissen, falsch: „'Zachäus, komm da raus,/ löset die Binden und lasst ihn gehen'."

„Sie", sagte Sven, „bei uns ist es eine sie. 'Lasst *sie* gehen.'"

„Und welche Binden?" fragte Alex irritiert.

„Na, die Grabbinden", antwortete Judith, die sich wieder auf sicherem Boden fühlte. „Was bei uns heute das Leichenhemd ist waren zu Zachäus Zeiten Binden."

„Vor allem die von den Augen sollte man ihr lösen."

„Was?" Alex konnte jetzt gar nicht mehr folgen.

„Na", sagte Daniel, „wenn Justitia eine Augenbinde trägt, ist das in Ordnung, die kann die Gerechtigkeit blind finden – aber alle anderen sollten sich Mühe geben zu sehen."

„Oh", sagte Judith, „ich habe vor kurzem gehört, dass die Studiengebühr demnächst für alle kommt."

„Was?" fragte Alex wieder.

„Und die Hochschulrektoren unterstützen das", sagte Judith.

„Sind die bescheuert?" Alex überlegte, was das für ihn heißen würde, wenn er jetzt das Examen versauen würde. Er müsste mindestens ein Jahr bis zur nächsten Chance warten.

„Jede Uni entscheidet dann, ob sie eine Studiengebühr erhebt."

Alex lehnte sich erleichtert wieder zurück. „Das hört sich doch gut an."

„Ja", sagte Daniel gedehnt, „aber du weißt doch wie das läuft: Die Uni bekommt vom Land nicht mehr ausreichend Geld, weiß dann nicht mehr wie sie sich finanzieren kann und darf dann völlig frei entscheiden, ob sie von den Studenten Geld nimmt. Eine völlig freie Entscheidung. Und das besten daran ist: Die Politiker haben da mit ja gaaar nichts zu tun. Denn die Uni kann ja selbst entscheiden."

„Ihr könnt doch in ein anderes Bundesland gehen, in dem es keine Studiengebühr oder Studienkontomodell oder was auch immer gibt."

„Das", sagte Daniel, „geht aus wirtschaftlichen Gründen nicht. Man kann sein Humankapital doch nicht investieren ohne Rechtssicherheit zu haben."

„Was?"

„Also Alex, du schaltest heute Abend echt schlecht. Wenn nun das andere Bundesland genauso wie unseres auf den Gedanken kommt uns Geld abzunehmen? 'Hey, komm, wir haben jahrelang das Geld der Bürger verbrannt, lass uns jetzt noch die Studenten ausnehmen. Und jetzt machen wir aus den Universitätsverwaltungen Russisch-Inkasso: Entweder sie zahlen oder wir brechen ihrer Karriere die Beine' - 'Aber ich kann nicht' - KNACK! - 'Tut mir leid, es ist nichts persönliches, wir führen nur Gesetze aus.'"

„Oh", sagte Judith jetzt, „apropos ausführen... Wir müssen langsam los."

„Ihr bleibt nicht bis zum besten Film aller Zeiten?"

„Welcher ist es denn?" fragte Alex.

„Die Thomas-Crown-Affäre."

„Nein, selbst wenn die lange Serien-Nacht mit Prison-Break käme, wir gehen ins Kino", sagte Judith.

„Vielleicht werde ich heute Abend doch noch was an meiner Hausarbeit arbeiten", dachte Daniel laut nach.

Alex grinste: „Jop, nicht nur reden, es muss was getan werden! Im übrigen hat der Herr Dekan heute wieder gesagt, dass man möglichst viele Praktikumsplätze während des Studiums absolvieren sollte. Ein Studienabschluss würde nicht ausreichen."

„Das ist eine Gebetsmühle, nicht wahr?" versicherte sich Sven.

Und Daniel meinte: „So langsam setzen sich neue Erkenntnisse durch."

„Und es wird wahrscheinlich doch wahr sein", meinte Judith.

„Du brauchst dir ja keine Sorgen zu machen – Papa sei dank."

„Man muss eben die Chancen nutzen, die sich einem bieten. Das macht doch jeder", sagte Judith.

„Wohl dem, der über ein generationenbewährtes Netzwerk verfügt", entgegnete Daniel.

„Du hättest das auch nutzen können, aber du... du wolltest ja nicht. Mein Vater..."

„Dein Vater ist ein lieber Mann. Vielleicht ein bisschen zu lieb..."

Alex nahm seine Jacke. „Bist du so weit, Judith?"

Die beiden suchten kurz ihre Ausgeh-Garderobe zusammen, Alex konnte sein Portemonnaie erst nicht finden, aber als sie alles hatten, machten sie sich schnell auf den Weg.

Daniel hatte noch ein kesses „Tschüss, Babe" geflüstert, dann war die Tür zu und Daniel und Sven waren erleichtert.

„Und?" fragte Daniel. „Wie waren wir?"

„Babe...", sagte Sven nur.

„Es ärgert sie ein wenig - denke ich."

„Es ärgert wahrscheinlich eher Alex."

Daniel wurde nachdenklich. „Darüber habe ich noch gar nicht nachgedacht."

Sven schaltete den Fernseher wieder ein und zappte durch die Kanäle. Als er keinen Bericht fand, der von dem Geldtransporter berichtete, ließ er den Fernseher eingeschaltet, während sie im Internet nach einer Möglichkeit suchten, die Koffer so zu öffnen, so dass das Geld ihnen erhalten blieb.

Es war nicht ganz einfach, aber als sie die Anleitung fanden, die eigentlich für Sicherheitsfirmen, die Probleme mit den eigenen Koffern hatten, gedacht war, war es ganz einfach.

Die Anleitung war auf Englisch, aber, sagte Daniel, wie gut dass Englisch in der Schule zum Pflichtfach gehöre.

„Gut", sagte Sven. „Jetzt müssen wir den Krempel loswerden. Und die Kohle."

„Wieso die Kohle? Die Kiste ist okay. Aber die Kohle?"

„Die müssen wir zumindest verstecken. Und das Kistengerümpel muss weg. Aber sag mal, hast du nicht morgen deinen Termin beim Arbeitsamt?"

„Ja, aber vorher müssen die Geldkisten weg. Ich würde sagen, wir versenken die. Steine rein und tschüss."

„Nur schade ist es schon, dass niemand weiß, wer das getan hat. Und vor allem warum. Irgendwie fehlt mir der Effekt für die bekloppten Politiker, die meinen, sie könnten nehmen, nehmen und nehmen. Ist das nicht schade?"

„Gott sei dank!"

„Aber niemand weiß, warum wir es gemacht haben."

„Weil wir bescheuert sind?"

„Nein, das mein ich nicht."

„Um an Kohle zu kommen? Na ja", meinte Sven, „viel ist es ja nicht. Aber für das Studium wird es wohl reichen."

Daniel sah auf die Scheine und Münzrollen, die sie aus den Koffern befreit hatten. „Für die Studiengebühr, ja – aber wer redet von der Studiengebühr? Niemand wird durch so einen kleinen Streich reich. Dazu müsste man schon Berufskrimineller sein."

Und nach einer kleinen Pause, in der sie beide auf das Geld sahen, fuhr Daniel fort: „Müssen Berufskriminelle eigentlich Steuern zahlen?"

„Dazu müsste es erst mal Berufskriminelle geben."

„Wenn das so weitergeht, wird die Politik die schon wieder erschaffen", prophezeite Daniel. „Und? Was machen wir als nächstes?"

„Als nächstes verhalten wir uns ganz unauffällig. Morgen gehen wir schön mit den Jungs Fußball spielen. Wenn du dich erinnerst, haben wir noch eine Revanche gegen die verdammten Wirtschaftswissenschaftler zu spielen. Und das Geld lassen wir schön liegen."

„Sei mal still und mach das lauter." Er zeigte auf den Fernseher.

Sven schaltete den Ton des Fernsehers lauter, der bisher im Hintergrund lief. Gerade liefen die Lokalnachrichten: Eine

Folge kurzer Einzelnachrichten, die knapp zusammengeschnitten waren, schossen dabei hintereinander über den Bildschirm. Sven und Daniel sahen den Geldtransporter und Sven erkannte sofort den verbogenen Rückspiegel.

„...hat ein Transporter vier Kisten mit Wocheneinnahmen verloren. Sie konnten bisher nicht gefunden werden."

Der Nachrichtenzusammenschnitt ging weiter. Der nächste Bericht handelte von einem Autounfall. Ein eingedrücktes Auto, Blaulicht und Männer in gelber Schutzkleidung waren zu sehen.

„Verloren?" fragte Daniel.

„Ja, besser hätte es doch nicht laufen können."

„Ja, stimmt schon. Beim nächsten Mal planen wir das aber besser."

„Klar", antwortete Sven ironisch, „beim nächsten Mal."

„Ich mein das ernst." Daniels Begeisterung stieg. „Etwas Spektakuläres würde ich sagen..."

„Etwas Spektakuläres?"

„Ja, vielleicht können wir unsere Situation mit der nächsten Aktion verbinden?"

„Bist du verrückt? Damit jeder Polizist gleich eine Spur zu uns hat?"

„Etwas Spektakuläres wäre doch geil."

„Etwas geiles ja... ? Was einen größeren Kick gibt als die geile Aktion an dem Transporter?"

„Ich dachte an ein Museum..."

„Die sind doch sicherer als eine Bank!"

„Wir werden einen Laden ausräumen, eh die das gemerkt haben."

„Als Spediteure verkleidet?"

„Das ist eine gute Idee, aber das sollten wir besser zum Ende einer Messe auf dem Messegelände machen. Museen sind eine einfache Beute. Erst recht die kleineren, mit ihren kleinen Schätzen. Es gibt Museen die haben zwei ältere Herren in V-Pullis als Wärter und eine alte Frau an der Kasse – aber im Stadt-Museum gibt es nicht mal eine Kasse."

„Freier Eintritt also."

„In jeder Hinsicht. Sozusagen."

„Aber du denkst doch nicht an das Stadt-Museum?"

„Nein, auf keinen Fall... Und ich habe einen geilen Fluchtweg."

„Was für einen?"

„Lass dich überraschen."

„Ich war da schon Ewigkeiten nicht mehr... Haben die da Kameras?"

„Vermutlich, also verkleiden wir uns am besten."

„Wie bei Thomas Crowne? Vergiss es, wir sind hier nicht in Amerika."

„Nein, die sind auf Einbrüche vorbereitet, aber nicht darauf, dass jemand während der Öffnungszeiten was aus den Rahmen schneidet."

„Panzerglas vor den Bildern?"

„Wann warst du das letzte Mal im Museum? Außerdem dachte ich nicht daran, die Mona Lisa zu klauen und das Stadt-Museum ist auch nicht der Louvre."

„Okay, unser Stichwort ist also: nicht gierig werden. Woran denkst du dann?"

„An das Johannes-Alfred-Museum."

„Also doch... Du willst auf Leinwand ausgewaschene Pinsel klauen?"

„He, auch wenn man nur Farben erkennt: Johannes Alfred ist der Stadtheilige und für die Formenlehre ist seine ‚Abseilerin' ein Schlüsselwerk, das weiß doch jedes Kind, das im Heimatunterricht in der Grundschule ins Stadtmuseum gezwungen wird. Und die Leinwand ist was wert, wenn Alfred die behandelt hat."

„Bitte, verschone mich. Und an wen sollen wir das Ding verscheuern?"

„Banause. Natürlich ans Museum."

„Wir können das doch nicht an ein Museum verkaufen! Die werden doch wissen woher das kommt."

„Quatsch, doch nicht an ein anderes, ans Johannes-Alfred-Museum."

„Und der Fluchtweg?"

„Vertraust du mir nicht?"

„Kein Stück. Und ich sagte doch schon: Wir werden uns als nächstes ruhig verhalten. Und danach kannst du dem Arbeitsamt sagen, oder wenn du dich bewirbst, du hast Erfahrung im Sicherheitsgewerbe."

In den letzten Tagen war das Wetter nicht durchgängig schön gewesen. Aber heute schien wieder früh die Sonne und machte die Luft angenehm warm. Es war noch nicht Mittag als zwei Gestalten zum Bahnhof liefen. Sie fielen nicht weiter auf, weil eine der Gestalten eine Pappröhre auf dem Rücken trug, wie es Kunst- oder Design-Studenten häufig machten.

Wie verspätete Studenten, die ihren Zug noch erreichen wollten, rannten die beiden Gestalten durch den Bahnhof und über den Bahnsteig.

Sie erreichten so eben den Zug, denn kaum waren sie in den Zug gesprungen, schlossen sich die Türen mit einem hohen, pfeifenden Warnsignal.

„Du Irrer!" rief Sven.

Daniel winkte ab. „Läuft doch wunderbar", sagte er, als er wieder halbwegs zu Atem gekommen war. Sie blieben im Türbereich stehen und schnappten nach Luft.

„Wir haben dieses verdammte...", keuchte Sven.

„Der Kick ist doch besser als ein Bungee-Sprung!" unterbrach Daniel lachend.

Sven fragte sich, woher Daniel, nach dem Gerenne, den Atem nahm. Daniels Atmung war längst wieder ruhiger geworden, während Sven noch nach vorne gebeugt, auf die Knie gestützt, schwer atmend im Zug stand. Er sah auf den bereits entspannten Daniel, der auch nicht mehr Sport als er trieb und sagte dann: „Okay, für eine Verbrecherkarriere bin ich nicht geeignet."

„Sag's dem Arbeitsamt, wenn du das nächste Mal vorsprichst... Wir holen uns das Geld und gut ist."

„Wir haben dieses Scheißding bei uns..."

Daniel grinste. „Und? Was glaubst du? Das die Bullerei Straßensperren aufbaut? Die sind vielleicht jetzt am Museum.

Und selbst wenn. Die Straßensperre zeig mir, die die Deutsche Bahn aufhalten könnte."

In diesem Moment kam der Schaffner.

„Die Fahrkarten bitte!"

Sie zeigten ihre Studententickets. Als der Schaffner weiter gegangen war sagte Daniel: „Sag dem Arbeitsamt vielleicht lieber, kriminell wäre nicht das Problem, du hättest auch schon an die Gauner-Ich-AG gedacht, aber du willst sie nicht mit mir machen."

„Dann wäre ich jetzt nicht hier. So sieht das also aus, wenn wir uns erstmal ruhig verhalten."

„Es ging alles so schnell", sagte die Frau, die im Museum Aufsicht geführt hatte. Sie hatte die beiden nur von hinten gesehen. Und das auch nicht richtig, denn als die beiden raus liefen, hatte sie gar nicht gewusst, was los war.

Die Polizisten machten sich mit distanziertem und kaltem Mitgefühl Notizen.

Und wenn sie ehrlich war, dann wusste sie auch jetzt noch nicht, was wirklich los war.

Der Kommissar gab sich währenddessen Mühe, dem Museumsdirektor das Gefühl zu geben, dass die Polizei alles im Griff hatte - dass *er* alles im Griff hatte.

Aber auch wenn der Kommissar in der gleichen Stadt geboren worden war, so hatte er das Museum das letzte Mal vor sehr langer Zeit von innen gesehen.

Genau genommen war das während seiner Schulzeit gewesen. Wenn er sich richtig erinnerte, dann lag sein letzter Besuch in seiner Grundschulzeit.

Aber die Ausstellung hatte sich verändert. Wenn das Kunst war, dann konnte seine Tochter besser malen, dachte sich der Kommissar bei dem ersten flüchtigen Blick auf die ausgestellten Werke in der Wechselausstellung. Bei ihren Strichmännchen wusste man wenigstens, worum es ging. Und die Farben stimmten.

Der Kommissar versuchte noch die Kunstwerke zu verdauen, als er im Büro des Museumsdirektors stand und das Telefon läutete.

Niemand hatte damit gerechnet, dass sich die Täter so schnell melden würden. Aber anstelle einer menschlichen Stimme sagte ein verzerrter Ton, er wolle mit dem Museumsdirektor reden. Ohne auf Fragen, Einwände oder Bemerkungen einzugehen, forderte die Stimme das Lösegeld für das Bild - und das bis morgen.

Es war noch nichts für die Ermittlungen vorbereitet. Die Angestellten wurden noch befragt und der Tathergang festgehalten, bei der Tatrekonstruktion waren die Polizisten noch gar nicht angekommen und trotzdem sagte der Kommissar als der Museumsdirektor aufgelegt hatte: „Das war der zweite Fehler der Täter. Hätten die einen Tag gewartet und morgen angerufen, hätten wir wahrscheinlich nichts von dem Angebot erfahren. Oder, Herr Direktor?"

„Was?" fragte der Museumsdirektor, der aus der Abwesenheit zurück kam und dann ohne Empörung kraftlos sagte: „Aber natürlich."

„Entweder", dachte der Kommissar laut nach, „haben die Täter es sehr eilig und wollen schnell das Geld oder sie sind Anfänger. Und ihre Telefonnummer mit zu schicken war ihr erster Fehler."

Er rief seine Dienststelle an, um sich nach der Nummer zu erkundigen, die auf dem Display des Museumstelefons erschienen war.

Es dauerte eine Weile.

Dann legte der Kommissar auf.

„Und?" fragte Flebbe, der Assistent des Kommissars..

„Eine spanische Handy-Nummer."

„Vielleicht ein spanisches Aufladehandy", spekulierte Flebbe. „In Spanien konnte man sich zumindest bis vor kurzem noch die Dinger kaufen, ohne sich ausweisen zu müssen."

„Verdammt!"

„Ja, es gibt noch freie Länder auf der Welt."

„Die Stimme?"

„Das können wir vergessen, Kommissar. Das war eine Computerstimme. Wahrscheinlich wurde alles vom Computer generiert."

„Aber trotzdem ins Labor damit. Notfalls fragen Sie das LKA, die sind besser ausgestattet. Vielleicht haben die Täter noch einen Fehler gemacht und den Text gesprochen und nur vom Computer verzerren lassen. Dann kommen wir an das Stimmenmuster ran."

Und zu dem Museumsdirektor sagte er: „Wir stellen das Geld zur Verfügung."

Dann wandte er sich an Flebbe: „Sie holen das Geld und im Labor markieren wir es."

Als Flebbe am späten Nachmittag zur Bank fuhr, war er froh, dass er nicht das Lösegeld für einen Menschen holen musste. Entführer von Menschen verlangten immer gleich eine so hohe Summe, die nie schnell und leicht zu beschaffen war.

Den Wagen stellte er unter einen Baum auf dem Parkplatz der Bank. Groß war der Parkplatz nicht. Aber es war auch keine große Filiale. Flebbe war nicht zum ersten Mal hier. Die kleine, unauffällige Filiale war für sein und andere Kommissariate Anlaufstelle, wenn sie etwas diskreter arbeiten mussten.

Flebbe stieg aus. Links stand noch ein weiterer Wagen, auf der rechten Seite war die Mauer einer Garage.

Vermutlich, dachte Flebbe, die Garage für den Filialleiter der Bank. Er schloss die Autotür und sah auf die Uhr. Natürlich musste er das Geld holen und kein anderer. Jetzt hatte er kein Zeit mehr zum Mittagessen.

Auf der anderen Seite des Parkplatzes machten zwei Straßenkehrer, an ihrer großen Schubkarre gelehnt, ein Päuschen.

Manchmal wünschte er sich einen ruhigeren Job. Er blickte auf die Straßenkehrer und dachte, so einen wie die beiden haben, hätte er auch gerne: Kein Chef stand immer hinter ihnen. Wenn ihr Chef schlechte Laune hatte oder doof war, dann war er in seinem Büro doof, oder hatte da schlechte Laune, und ging einem nicht während der Arbeit auf den Wecker.

In der Bank verloren sich seine Gedanken. Es war sehr kühl hier und die Angestellten bereiteten sich schon auf den Feierabend vor. Es waren nicht viele Bankangestellte da, fiel Flebbe auf. Wahrscheinlich blieben nicht alle bis zum Geschäftsschluss, nur eine Minimalbesetzung machte am Ende des Tages die Bank zu.

Der Filialleiter erwartete ihn. Er kannte das Prozedere. Er war der Kontakt der Polizei und bereitete in Entführungsfällen die Gelder vor.

Flebbe kannte ihn nicht. Er war für Diebstähle und andere Eigentumsdelikte zuständig. Meist wurde etwas gestohlen und verhökert, aber eine Geiselnahme des Diebesgutes, das hatte bestimmt nicht nur ihn, sondern auch seinen Chef überrascht.

Das Geld war vorbereitet und sehr unauffällig verpackt.

Dass so viel Geld so wenig wog und so wenig Platz einnahm, wunderte Flebbe, als er wieder zu seinem Auto ging.

Er hatte den Wagen aufgeschlossen, als er hinter sich eine Stimme hörte.

„Drehen Sie sich jetzt nicht um! Machen Sie keine Schwierigkeiten. Das, was Sie da haben, ist eh für uns."

„Was..."

Er darf sich nicht umdrehen, dachte Sven, der hinter Daniel stand, er darf sich nicht umdrehen. Sie waren zwar mit der klassischen Uniform der Straßenkehrer bekleidet, hatten Zangen dabei und sogar eine der großen orangenen Schubkarren geklaut, ihr Aussehen hatten sie mit Bärten verändert und mit dezenten Perücken verfeinert, auf denen eine orange Kappe saß, aber er sollte sich nicht umdrehen.

„Und das", sagte Daniel zu Flebbe, „in ihrem Rücken ist nicht mein Finger und auch nicht die Müllzange, also kommen Sie mit."

„Hören Sie, ich bin Polizist."

„Und ich Bilderentführer. Da geht's lang. Und das", er nahm das Handy aus der Jackentasche des Polizisten und warf es in die Mülltonne, „brauchen wir nicht mehr."

Sven schob die Schubkarre vor den schmalen Gang, den die beiden parkenden Autos ließen, aber ein sicherer Sichtschutz war das nicht.

„Hören Sie, das geht nicht..." Flebbes Stimme überschlug sich und Daniel wurde nervös. Flebbe stand wie angewurzelt da an seinem Auto. Noch länger und sie würden auffallen, Straßenkehrerverkleidung hin oder her. Als Flebbe eine Drehung machte, entschied sich Daniel und schlug zu.

Für Flebbe gingen zu schnell die Lichter aus, um noch Solarplexus zu denken, aber für einen Gedanken an Medizinstudenten reichte es noch. Als er wieder zu sich kam, konnte er sich aber an seine letzten Gedanken nicht erinnern.

Flebbe sackte zusammen und Daniel stieß ihn in dessen Auto. Flebbe lag nur halb drin, seine Beine lagen vor der Tür auf dem Boden.

„Daniel, du hast sie doch nicht mehr alle!"

Daniel zischte zurück: „Ich hoffe, er ist bereits so weit weggetreten, dass er sich später nicht mehr an Namen erinnern kann."

Sven war sprachlos und Daniel setzte nach: „Und wo er sich schlafen gelegt hat, ist doch eh egal."

„Ich wusste gar nicht, dass er überhaupt schlafen sollte."

„Nein, aber bis zu der Garage da vorn, wo wir ihn einsperren wollten, hätten wir das nicht geschafft. Und jetzt geh auf die andere Seite und zieh ihn ins Auto."

Sven ging auf die andere Seite, öffnete die Tür und griff mit den Reinigungshandschuhen nach Flebbe und zog ihn ins Auto.

„Und das ist besser?" fragte er.

Daniel suchte Flebbes Taschen ab. „Es ist unauffälliger, als wenn wir ihn rübergeschleppt hätten. Oder glaubst du, die

Leute übersehen zwei Straßenreiniger, die einen Mann eskortieren? Ich habe es. Es lag im Fußraum des Autos."

Daniel machte die Autotür zu, Sven die andere.

Mit der Faust schlug Daniel auf das Autodach. „Und was zur Hölle bringt man eigentlich Polizisten bei? Jeder weiß doch, dass man sich bei einer Entführung ruhig zu verhalten hat und wenn jemand eine Waffe hat, dann stellt man keine Fragen, sondern tut, was einem gesagt wird. Wenn der Trottel nicht nervös geworden wären, dann wäre alles glatt gelaufen."

„Er hat es doch überlebt oder?" fragte Sven ruhiger.

„Ja, bestimmt."

„Dann sollten wir uns darum kümmern, die Kleidung loszuwerden."

„Wir werfen sie in die Mülltonnen. Aber nicht in die erstbesten. Wir verlassen uns einfach darauf, dass die Polizei nicht in allen Mülltonnen nach Verkleidungen suchen geht. Wenn wir die verbrennen, fallen wir noch auf. Oder die Reste werden gefunden und es sind noch Spuren dran, die zu uns führen. Besser kein Aufsehen. Und in die Altkleidersammlung können die auch nicht, da fallen die auf. Die Schubkarre streichen wir schwarz und stellen die in einer Schrebergartenanlage ans Vereinsheim."

„Woher wusstest du wie die Polizisten vorgehen würden und welche Bank die nehmen würden?"

„Wenn man sich bei der Polizei auf eines Verlassen kann, dann ist es die Routine."

Alex und Judith standen vor dem Anschlag mit den Examensergebnissen.

Sie suchten nach ihrer Immatrikulationsnummer, von der jeder Student seine eigene hatte. Einen Namen gab es auf dem Anschlag nicht. Die Nummer, und die erreichte Note, konnten abgelesen werden. Und so suchten sie zusammen nach Judiths Nummer.

„Ich weiß auch nicht, warum die das nicht über das Internet machen", sagte gerade hinter ihnen eine Studentin zu ihrer Freundin.

Als sie fündig wurden, sah Judith nicht gerade begeistert aus.

„Ich geh jetzt erst mal was einkaufen", sagte sie.

„Ach was, ist doch gut gelaufen. Examen bestanden, Affe tot", sagte Alex mit vor Erleichterung strotzender Freude. „Komm mit in den Silver Moon Club, heute Abend ist da eine Party. Lass uns lieber da abfeiern."

„Das abtanzen wird nicht reichen", war sich Judith sicher.

„Zeig mal, wo stehst du denn?" fragte er und als er ihre auffallend gute Note gefunden hatte, sagte er nur: „Komm, zur Staatsanwaltschaft kommst du damit doch."

„Hoffentlich."

„Was hast du denn? Du hast dein Examen doch bestanden, du Nuss. Die nehmen dich doch so mit Handkuss."

„Aber was ist das für eine Note?"

„Nicht jeder kann eine einskommanull haben!"

Sie sah ihn an. „Ich hatte mir mehr erhofft."

Aber am Abend hatte Judith ihre Meinung schon wieder geändert. Alex hatte sie überreden können. Als Sven eintraf rief sie übermütig über die laute Musik: „Wie ist die Stimmung?"

Sven: „Lausig."

„Heyheyhey! Keine *negative Vibrations* hier! Hier ist Paaaarty angesagt!"

„Und nur gute Laune ist zugelassen!" rief Alex.

Sven ließ sich durch die Tanzenden zur Tür der Disko treiben. Draußen atmete er durch. Er atmete die frische Nachtluft. Auf der Straße vor der Tür war nichts los. Niemand wartete vor der Tür auf Einlass, kein Auto fuhr vorbei.

Sven ging über den Bürgersteig und setzte sich auf den Bordstein.

Er sah auf den Fluss von Asphalt, der zwischen den Ufern aus Bürgersteigen auf beiden Seiten entlanglief.

Er sah auf die Fahrräder, die unter den Straßenlaternen angekettet waren, als hinter ihm die Tür aufging, aber er bemerkte es nicht. Daniel stieß eine alte Zeitung weg. Sven zuckte leicht zusammen. Daniel setzte sich neben ihn und streckte die Beine aus.

„Was ist los?" fragte Daniel.

Jemand hatte einen Mülleimer, der an einem der Laternenpfähle hing, unten geöffnet. Der Müll lag darunter verstreut. Er verstreute sich bis zu Svens Füßen.

„Mir ist eher nach nachdenken."

„Hast du die Studiengebühr überwiesen?"

„Ich hab ja keine Wahl: Selbst wenn ich dagegen Klage muss ich trotzdem zahlen. Zahle ich nicht, werde ich raus geschmissen. Und bin ich erst mal raus aus der Uni und will wieder rein, dann kann ich von vorne anfangen, egal wie weit ich war. Also, das ist schon gut eingefädelt. Eine geradezu perfekte Erpresserfalle. Mitten im Studium sagen die Misthaken plötzlich '650 Euro, und das jedes halbe Jahr, sonst darfst du nicht weiter studieren, keinen Abschluss machen und landest ohne abgeschlossene Ausbildung auf der Straße'. Was für eine miese Tour."

„Daran knabberst du also."

„Ganz bestimmt nicht."

„Was machst du dann hier?"

„Gute Frage."

„Ich meine, warum bist du ausgegangen?"

„Ich glaube, das war keine gute Idee."

„Vorhin warst du noch anderer Meinung."

„Das war der Rausch. Man sperrt nicht jeden Tag einen Polizisten in seinen Wagen. Was, wenn der uns erkannt hat? Der wäre der einzige, der uns identifizieren kann."

Daniel sagte nichts und so saßen sie schweigend auf dem Bürgersteig.

„Zwei bärtige Straßenkehrer?" sagte Daniel plötzlich.

„Was?"

„Na, er müsste zwei bärtige Straßenkehrer wiedererkennen."

Sven hoffte das Beste und Daniel fragte nach: „Was wäre denn eine gute Idee?"

„Zu Hause sitzen und apathisch auf die Tapete starren."

„Wir können doch zufrieden sein."

„Ich bin es nur nicht."

„Wieso? Hat doch alles geklappt."

„Du weißt doch, du musst keine Waffe dabei haben, um wegen Raubes dran zu sein. Es reicht, wenn dein Opfer glaubt, dein Finger sei eine Wumme."

„Das üble mit Juristen ist, dass sie immer so... juristisch sein müssen."

„Womit wir beim Thema wären. Wir müssen das Ding zurückbringen."

„Müssen wir das?"

„Naja. Immerhin haben wir etwas verlangt und bekommen. Jetzt sind wir am Zug."

„Wir sollten mehr Kohle verlangen."

„Bist du verrückt? Wir sollten unser Glück nicht überstrapazieren. Die Übergabe der Kohle ist immer das größte Risiko – glaubst du, wir schaffen so ein Ding nochmal? Also ich nicht.

Nein, nein, lass uns das Scheißding loswerden, das brennt mir eh unter den Fingern. Was, wenn die das bei dir finden?"

Daniel antwortete nicht sofort.

„Ich hab's gar nicht."

„Du hast... was?... Du hast es nicht mehr?"

„Komm, komm, reg dich ab."

„Hast du das verdammte Bild etwa verkauft?"

„Schrei nicht so rum!"

„Ich schreie nicht! Und wenn, dann wenn's mir gefällt!" rief Sven aufgebracht.

„Du brauchst dich nicht aufregen."

„Hör zu, sag mir nicht, was ich tun soll."

„Es ist alles in Ordnung."

„Alles in... was?"

„Langsam finde ich, dass „was" nicht zu deinen Lieblingsworten gehören sollte."

„Lenk nicht ab."

„Doch, doch. Es lässt dich so... einfältig wirken."

„Einfältig?!"

„Nun ja, aber jetzt hab ich es doch geschafft abzulenken." Und als Sven nichts sagte fuhr er fort: „Was ist? Hast du den Faden verloren?"

„Ich bin nur sprachlos. Also, an wen hast du es verhökert?"

„An niemanden."

„Aber du sagtest doch..."

„Das ich's nicht habe."

„Also, wo ist es?"

„Im Museum."

„Du hast es schon zurückgebracht?!"

„Wir haben es nie mitgenommen."

„Was haben wir nicht?"

„Mitgenommen. Das Bild. Oder kannst du dich daran erinnern, wie ich es eingepackt habe?"

„N- nein, ich habe nur die Rolle gesehen."

„Und die war leer."

„Nochmal: Das Bild ist noch im Museum. Wir haben es nie mitgenommen. Du hast es im Museum versteckt?"

„Richtig. Als du vorweg liefst, hast du die V-Pullis grandios abgelenkt."

„Ist das dann noch ein Diebstahl?"

„Auf alle Fälle Unterschlagung."

Daniel lachte in sich hinein. „Du weißt doch, dass Strafrecht nicht meine Sache ist. Ich bin dafür, dass wir nochmal die gleiche Summe verlangen."

„Nee, lass gut sein. Das reicht doch, was wir haben."

„Überleg' mal, das ist dann das Doppelte. Oder für jeden einmal die ganze Kohle."

„Mhm. Wir schreiben also mit doppelter Kreide, ja?"

„Doppelte Kreide?"

„Doppelt genäht hält besser."

„Du müsstest dann nicht mit mir teilen."

„Und du weißt, der Krug geht solange zum Brunnen bis er bricht."

„Stell dir vor wie wir die Tölpel nochmal über's Ohr hauen! Das wird geil!"

„Nur, dass es so ist, als ob man versucht, einem Wolf was aus dem Rachen zu reißen."

„Was ist los? Hast du dir ein Sprichwörterlexikon gekauft?"

„Glaubst du nicht, dass uns dann ein wenig der Überraschungseffekt fehlt? Die geschicktesten Verbrecher fliegen auf, weil sie immer die gleiche geniale Methode benutzen."

„Wir sind aber besser. Mensch, sind wir kein gutes Team?"

„Und das bleibt sogar so, wenn wir nicht die gleiche Nummer abziehen."

„Okay."

„Okay? Einfach so?"

„Du kannst es dir ja nochmal überlegen."

„Ich werd' mich hüten."

Daniel wusste, dass alles zu dem Thema gesagt war. Er sah auf die Zeitung, ließ den Blick darüber schweifen und wurde plötzlich von einem Artikel gefesselt. Er hob das Stück Papier auf. Die Zeitung war von gestern.

Sven sah auf. „Also, ich weiß nicht, haben wir jetzt nicht das Geld, um uns eine aktuelle Zeitung zu kaufen?"

Aber Daniel drehte die Zeitung um und hielt sie fest. „Guck dir den Artikel an!"

Aber Sven wollte nicht lesen. „Mm?"

„Und immer noch wird die Legende von den gerechten Studiengebühren gepflegt. Weißt du noch, dass diese Ministerin, wie war ihr Name?"

„Lazarus. Nein! Zachäus."

„Ja, Ministerin Zachäus", sagte Daniel langsam, „hat gesagt, es würde keine Studiengebühren geben."

„Und nu?"

„Sie hat ihre Meinung geändert."

„Um wie viel geht es diesmal?"

„Nur um 500 Euro pro Semester. Also 1000 pro Jahr."

„Das geht ja noch."

„Ja, aber diese Studienkontogebühren kommen noch dazu. Also pro Jahr 1000 plus 1250."

„Das geht aber nicht."

„Klar geht das. Man zahlt ja auch mehrere Steuern."

Sven schlug sich verärgert auf den Schenkel. „Das ist doch eine miese Nummer. Während des Studiums heißt es plötzlich: Wer das Studienfach gewechselt hat, zahlt 650 Euro im Semester und es gibt keinen Bestandsschutz."

„Das Wort Bestandsschutz kannte ich bisher gar nicht."

„Ein hoch auf unsere Ausbildung. Die Politiker kennen den Bestandsschutz im übrigen auch nicht. Oder warum glaubst du ändern die die Regel während des Spiels?"

„Weil sie die Kohle brauchen. Die sind am Arsch und wir dürfen bluten", meinte Daniel, holte kurz Luft und fragte dann: „Und was ist nun Bestandsschutz?"

„Lass das nicht deinen Professor hören. Bestandsschutz heißt, dass du eigentlich ein Recht darauf hast, dass neue Gesetze nicht nachträglich nachteilig für dich sein dürfen."

„Soso."

„Genau."

Sie hatten beide nicht gehört, wie hinter ihnen sich Schritte näherten. Nicht schnell, eher langsam und leise, gespannt darauf, was es noch zu hören gibt.

Sven ignorierte Daniels Schweigen und ärgerte sich weiter. „Wir müssen unbedingt Politiker werden. Und als erstes schaffen wir die Renten für Politiker ab, die im Parlament saßen, als uns diese Studiengebühr aufs Auge gedrückt wurde. Einfach mal keinen Bestandsschutz für Politiker. Oder noch besser: Wir machen unsere eigenen Mafia auf."

„Dann werde besser Bürgermeister: Gewählt zu werden ist nicht so schwer, wie eine Mafia zu gründen. Und die Strukturen, die sind auch schon da."

Die Schritte hinter ihnen waren nicht einmal besonders leise. Sie hätten sie hören können, wenn sie etwas auf ihre Umgebung geachtet hätten. Stattdessen sagte Daniel:

„Übernimm einfach die Strukturen in der Stadtverwaltung, ist einfacher als eine neue Mafia aufzumachen."

Erst jetzt bemerkte Sven, was das bedeutete. „Moment mal", sagte er, „soll das etwa heißen unser Geld reicht nicht? Wir müssen noch einen Bruch machen?"

„Mnja."

„Hört das denn gar nicht mehr auf? Das ist ja schlimmer als Erpressung. Erpresser kriegen auch nie denn Hals voll genug und am Ende bricht ihre Gier ihnen den Hals."

„Also, Erpresser", sagte eine Stimme hinter ihnen, „haben den Vorteil, dass sie erst nach der Tat auf der Bildfläche erscheinen."

Daniel und Sven waren schon etwas erschrocken, auch als sie Alex erkannten wurde das Gefühl von kalten Füßen und Kratzen im Hals nicht besser. Sie fragten sich, wie lange er da stand und was er gehört hatte.

„Oh, Alex", Daniel fand zuerst seine Stimme wieder. „Wir haben dich gar nicht kommen gehört."

Anstatt darauf einzugehen sagte Alex: „Ich finde es wird Zeit, dass ich mich beteilige."

„Was?" fragte Sven, als hätte er nicht richtig gehört und Daniel fragte sofort: „Wobei?"

„Na, kommt schon. Was glaubt ihr denn, wer dafür gesorgt hat, dass eure angelüllerten Bierflaschen und Zigarettenkippen nicht mehr vor dem Supermarkt lagen, als die Bullen kamen und nicht im Polizeilabor untersucht werden?"

„Wieso im Polizeilabor?" fragte Daniel.

Alex ignorierte die Frage. „Ich habe die Flaschen und den restlichen Krempel eingesammelt und die Bierflaschen zurück zum Supermarkt gebracht. Heute wundert sich niemand mehr über Pfandflaschensammler, die Mülleimer durchsuchen."

„Freundchen", sagte Daniel, „dann rück mal das Pfandgeld raus, das gehört uns."

„Das ist eure Anzahlung. Und den Rest bezahlt ihr von eurem Transportergeld."

„Wozu brauchst du denn die Kohle? Du bist doch bald fertig mit deinem Studium."

„Ja, und? Ihr wisst doch, dass es was kostet, eine eigene Kanzlei einzurichten?"

Sven sah Alex nicht gerade freundlich an. Mit einem Mitwisser, der durchgefüttert werden will, würde auch die nächste Nummer nicht die letzte sein: Ein weiteres Maul, das zu stopfen war. Statt etwas von seinen Gedanken zu verraten, sagte er: „Also, selbst wenn - ich sage bewusst: wenn – wenn wir etwas damit zu tun hätten, wie kommst du darauf, eine derartige Geschichte zu erzählen?"

Daniel schaltete nicht sofort. Aber als ihm plötzlich ein Licht aufging, hoffte er nur, Sven ablenken zu können, damit er sich nicht verplapperte.

Alex sagte gerade: „Ich bin ein guter Zeuge."

Und Daniel eröffnete die Offensive, damit Sven nicht auf dumme Gedanken kam. „Das kannst du vergessen, du Vogel. Wo warst du, als Mittäterschaft und Teilnahme durchgenommen wurden? Hast du gepennt oder was? Oder warst du Kreide holen? Du hast Beweismittel vernichtet. Jeder wird glauben, du hättest das ganze auch mitgeplant und wärst unser Mittäter. Wenn wir hochgehen, gehst du mit. Du kriegst deine Beteiligung, aber viel mehr als das Pfandgeld wird das nicht werden. Glaub ja nicht, dass wir dich als gleichberechtigten Partner einsteigen lassen."

„Klar, sonst gehe ich..."

„Ja, ja", unterbrach Daniel sofort, „du solltest gemerkt haben, dass die Drohung mit der Polizei nicht zieht, weil du mit drin steckst. Vielleicht erinnerst du dich daran, dass du es warst, der die Beweismittel für die Tat vernichtet hat? Oder hast du nicht die Pfandflaschen zurück gebracht? Also, wenn du beteiligt werden willst, dann musst du dich ganz beteiligen. Unser Unternehmen nimmt keine stillen Teilhaber auf."

Erst war Alex still vor Überraschung. Dann sagte er nur: „Was?", vermutlich um überhaupt irgendetwas zu sagen.

„Du willst doch beteiligt werden."

„Ja, aber..."

„Nichts, ja aber. Mitgefangen, mitgehangen. Wenn du glaubst, wir rauben die Welt aus, damit du deine Kanzlei finanzieren kannst und schon jetzt nur noch vom feinen Ledersessel aus zugucken brauchst, hast du dich geschnitten."

„Ihr habt wohl keine Wahl."

„Keine Wahl hast du: Fliegen wir auf, dann werden wir erzählen, dass das alles deine Idee war."

„Yop", stieg jetzt Sven mit ein, „vielleicht bietet man uns auch einen Deal an und dann sagen wir gegen dich aus. Also überleg es dir: Entweder du machst mit – oder du bist raus." Er hatte zwar keine Ahnung, was Daniel vor hatte, fand aber, dass es besser wäre, wenn Alex nicht merken würde, wie wenig sie sich in der Sache einig waren.

Alex war nicht mehr überrascht, er war wütend. „Das könnt ihr nicht beweisen."

„Brauchen wir nicht. Das muss der Staatsanwalt. Und du weißt wie das vor Gericht läuft: Der Richter muss es glauben."

Alex schwieg. Er blitzte die beiden mit den Augen an. Daniel wollte schon fragen: „Na? Was ist nun?" als Alex sagte: „Ich werde darüber nachdenken."

Er ging zurück in den Silver Moon Club und ließ Daniel und Sven auf dem Bordstein zurück. Sven blickte noch eine Weile auf die geschlossene Tür, dann drehte er sich zu Daniel und fragte: „Sag mal, hast du noch alle Tassen im Schrank? Wie kommst du dazu, Alex mit ins Boot zunehmen? Ich meine, das ist eigentlich schon schlimm genug, aber weißt du nicht wie gefährlich unmotivierte Mitarbeiter bei kriminellen Geschäften sind? Die engagieren sich nie richtig."

„Dann müssen wir ihn eben motivieren."

„Auf gar keinen Fall, ich bin doch kein Motivations-Coach."

„Jedenfalls haben wir Alex am Bein – so oder so. Im übrigen: ist dir nichts aufgefallen?"

„An Alex?"

„Also nicht. Nein, eher an dem was er gesagt hat – oder nicht gesagt hat."

„Mr Holmes, ich habe keine Ahnung."

„Watson, Sie sind ein miserabler Beobachter, auch wenn es diesmal eher das war, was gesagt wurde."

Sven unterbrach: „Also ein miserabler Zuhörer. Ja, das habe ich schon mal gehört. Frauen sagen das häufig. Und, Holmes?"

„Er hat das Museum nicht erwähnt."

„Und das sagt uns – was?"

„Er weiß es nicht. Sonst hätte er auch dafür die Hand aufgehalten."

Sven dachte nach. An einem Punkt stockte er: „Und warum willst du ihn dabei haben? Hast du schon einen Plan? Ich weiß ehrlich gesagt nämlich nicht, was wir machen sollen."

„Und da Alex dabei ist, müssen wir diesmal professionell planen."

„Ja, mit Alex."

„Das ist die beste Versicherung für uns. Je mehr wir ihn einbinden, desto mehr haben wir ihn in der Hand."

„Mir gefällt das alles nicht. Was, wenn er wirklich zur Polizei geht?"

„Ich denke, wir haben ihn soweit eingeschüchtert, dass er das nicht tun wird."

„Wenn er das spitz kriegt, das unsere Selbstsicherheit nur gespielt war..."

„Es war – wo?" Der Kommissar war nicht amüsiert.

Der Anruf aus dem Museum hatte sie überrascht und die Telefonistin des Museums, oder was auch immer sie war, hatte den Kollegen von der Bereitschaft darüber informiert, dass „unser Bild, sie wissen schon, das, das geraubt wurde, unsere ‚Abseilerin' ", wieder aufgetaucht sei.

Als der Kommissar den Notizzettel über den Anruf erhielt, rief er als erstes die Kriminaltechniker an, bevor er selbst mit Flebbe voraus ins Museum gefahren war.

„Hinter dem Vorhang am Eingang, der hinter der Empfangstheke hängt."

Sie waren direkt in das Büro des Museumsdirektors geschickt worden.

„Es hing?" fragte der Kommissar, der sich noch keinen Reim auf das ganze machen konnte. Ein Bild, das gestohlen wurde und dem Museum dann doch nie abhanden gekommen war und nun an einer anderen Stelle hing, wofür aber Lösegeld bezahlt worden war.

„Es ist mit Klebeband an der Wand festgemacht." Der Museumsdirektor ging mit großen Schritten vor, so dass der Kommissar und Flebbe kaum mithalten konnten.

Flebbe war zu überrascht als etwas anderes tun zu können als zu sagen: „Das verdammte Bild war die ganze Zeit hier?"

„Jedesmal, wenn wir reinkamen, hing es direkt vor unseren Augen."

Sie folgten dem Museumsdirektor über die Auslegeware zurück zum Eingang.

„Und ich dachte jedes mal, wann werfen die den alten Lappen endlich weg? Der hängt da seit... seit... Als ich in die Grundschule ging, hing der da schon."

„Zu meiner Schulzeit hing der da auch schon. Er vermittelt... Kontinuität."

„Deswegen auch die seriösen Herrschaften im Eingangsbereich."

„Nein, Flebbe, die sind dafür da um eine Wohnzimmeratmosphäre zu verbreiten."

Dem Kommissar gelang es endlich, zum Direktor aufzuschließen, aber nur weil der stehen geblieben war.

„Haben sie irgendetwas angefasst?"

„Ach was", sagte der Direktor und mit einer kräftigen Handbewegung, die viel Erfahrung von Enthüllungen verriet, zog er den Vorhang zurück. Wie bei der feierlichen Enthüllung eines Kunstwerkes blätterte der Vorhang von der Wand ab.

Niemand klatschte Beifall.

Der Direktor stemmte die Faust in die Hüfte, mit der anderen Faust noch den Vorhang haltend, und fragte: „Ist das dreist?"

„Das ist frech, ja", meinte der Kommissar.

„Hat aber was: Eine Spur von Riffifi", bewunderte Flebbe seine Gegner und sah sich im Foyer um. Er maß die Entfernung vom Eingang zu dem Vorhang und von dem Vorhang zu dem Gang in die Ausstellungsräume mit den Augen und überlegte sich, wie lange die Täter gebraucht haben mussten beziehungsweise, wie schnell sie gewesen sein müssen.

Der Museumsdirektor holte ihn aus seinen Gedanken zurück. „Dann wäre der Fall ja wohl erledigt."

„Warum? Damit sind wir noch lange nicht am Ende. Unsere Entführer haben eine Menge Spuren hinterlassen. Auch wenn das keine Fingerabdrücke sind und wir keine Haare gefunden haben: Das war ein ziemlich sonderbarer Tatverlauf. Und daraus bilden wir das Täterprofil. Und womit wir rechnen können ist, dass die Täter noch einmal zuschlagen. Täter verändern ihr Tatmuster selten. Wenn ein

Muster mal funktioniert hat, versuchen sie es wieder. Und dann kriegen wir die."

„Die Entführer werden sich nicht mehr melden. Es gibt keine Chance auf einen Kontakt – sie können keine Übergabe machen, bei der Sie sie stellen können. Was wollen Sie jetzt noch ermitteln?"

„Wir arbeiten über das Täterprofil."

„Aber die Kerle haben einfach keinen Fehler gemacht. Es ist nichts auffälliges, kein Muster."

„Oh, doch. Sie haben keinen Fehler gemacht. Das ist schon sonderbar genug. Die sind gut im Geschäft. Wir werden den Raub auf Ähnlichkeiten mit anderen Fällen überprüfen und dann kriegen wir die."

Vor dem Museum kramten sie erst mal ihre Zigaretten raus, bevor sie daran dachten ins Auto zu steigen.

„Irgendwie komisch, der Herr Museumsdirektor", meinte der Kommissar, während sie draußen auf die Kriminaltechniker, die nach möglichen Spuren am Vorhang und Bild suchen sollten, warteten. Im Museum schienen nicht einmal die Putzfrauen zu rauchen, also standen sie draußen an ihren Wagen gelehnt und rauchten.

„Was meinst du?" fragte Flebbe.

„Ob der Herr Direktor vielleicht sein eigenes Museum beklaut hat. Der wäre auch über den Gang zur Bank informiert gewesen. Durchleuchte den mal."

„Und er hätte das Bild so präparieren können, so dass das Ganze in der Geschwindigkeit ablaufen konnte."

„Du meinst, das Bild war schon nicht mehr im Rahmen, als die „Diebe" den Radau machten?"

„Ja, eine schöne Ablenkung und quasi ein Alibi für den Herrn Direktor. Aber vergiss es. Wir haben ihn sofort auf Herz und Nieren überprüft. Die Routine. Keine teure Freundin, keine

Schulden, kein Spieler, keine Drogen: Der Mann ist unglaublich langweilig."

„Und das für einen Museumsdirektor. Ich meine, wer so viel mit moderner Kunst zu tun hat, sollte doch auch ein bisschen Künstler sein."

„Und sich verhalten wie ein Künstler? Saufen und Koksen? Er ist eben nur ein städtischer Angestellter."

Sven und Daniel sahen und hörten von Alex nichts, bis zum übernächsten Morgen. Nach der langen Nacht im Silver Moon Club waren Judith und Alex spät nach Hause gekommen – zu spät, um noch in der Mensa zu Mittag zu essen. Sie trafen Alex nie allein. Judith war immer dabei und solange sie auch da war, ließen sie sich nichts anmerken.

Aber das sie nicht ungestört mit ihm sprechen konnten, war ihnen auch egal, denn um Alex machten sie sich weniger Gedanken. Sie nutzten die Zeit, um ihre Beute zu verstecken. Schließlich konnten sie das Risiko nicht eingehen, dass - aus welchem Grund auch immer - die Polizei ihnen einen Besuch abstattete und Dinge fand, die ihnen nicht gehörten.

Alex selbst hatte eine Menge mit seinem Seminar zu tun. In seiner Arbeitsgruppe saß er mit sieben anderen Studenten und programmierte. Genau genommen programmierten nur zwei Leute, der Rest versuchte entweder das Projekt aufzuhalten oder aber alles möglichst schnell, und egal wie schlecht, abzuschließen.

Als Judith etwas länger in der Universität blieb, weil sie noch für ihren ehemaligen Professor arbeitete, nutzte Alex die Gelegenheit um Daniel und Sven anzusprechen.

Daniel saß auf dem Sofa und verdaute ein McDonald's Menü und während Sven gerade sagte: „Und beim nächsten Mal gehen wir Pizza essen", kam Alex herein.

Er hielt etwas hoch, was Sven sofort erkannte. Sven konnte gar nicht glauben, dass Daniel in aller Ruhe sagte: „Du solltest nicht alles mitbringen, was du draußen findest."

„Ich weiß genau, was das ist", entgegnete Alex.

„Wir auch, wir auch."

Schnell dachte Sven nach. Sie waren doch vorsichtig gewesen.

Offenbar war er ihnen nach gefahren, als sie die Kofferteile weg brachten und hatte einen der Griffe eingesteckt. „Ihr Helden. Da sind eure Fingerabdrücke drauf", sagte Alex.

Daniel und Sven gaben sich hinreichend beeindruckt, obwohl sie beide wussten, dass sie erst alles abgewischt hatten und dann, wie in der Jugendherberge, mit Deo und einem Feuerzeug eine Flamme erzeugt hatten. Sie hofften, dass auch sämtliche anderen Spuren vernichtet waren und der Griff so sauber wie ein Kinderpopo.

„Ich habe", fing Alex an, „mir das ganze noch mal überlegt. Und eigentlich finde ich, ihr macht das Ganze falsch."

Sven fing an, in der Fernsehzeitung zu blättern.

Daniel wurde aufmerksam. „Was meinst du?"

„Na", sagte Alex, „ihr seid doch sauer wegen der Studiengebühr. Warum versucht ihr das nicht zu verhindern?"

„Und wie?" fragte Sven. Er legte die Fernsehzeitung weg, schlug die Beine übereinander und drehte Alex die Schulter zu.

„Ihr müsst was Auffälliges machen, ein Signal setzen. Warum habt ihr das noch nicht gemacht?"

„Weil es kein Geld bringt", sagte Sven kurz.

„Ihr wollt doch keine Studiengebühr."

„Keine Studiengebühren? Pfui, wie unsozial. Dann zahlt ja die Krankenschwester dem Mediziner durch ihre Steuern das Studium."

„Oder dem Mediziner-Sohn."

„Oder dem", ging Alex darauf ein. Aber bevor Alex so richtig ausholen konnte, fuhr Sven fort: „Jeder zahlt in das Solidarsystem ein und deswegen kann auch das Kind der Krankenschwester studieren – was sie sonst nicht finanzieren könnte – woher soll sie auch die Kohle für die Studiengebühr nehmen."

Daniel fand das ganze immer interessanter. „Sie könnte eine verschmierte Leinwand klauen und an den Besitzer zurück verkaufen", sagte er Ahnungslosigkeit vorspielend, um aus den Augenwinkeln zu sehen wie Sven kaum merklich zusammenzuckte. Daniel senkte den Kopf, damit niemand sein eher schlecht unterdrücktes Lächeln sah.

„Es gibt auch Untersuchungen, die sagen, Studiengebühren wären eine prima Sache", sagte Sven überraschender Weise.

Daniel sah auf. „Jede Seite hat doch eine Studie."

Alex hatte mehr und mehr das Gefühl, das Gespräch würde ihm entgleiten.

„Ist dir das aufgefallen?" fragte Sven ihn.

„Was?"

„Diese Krankenschwester zahlt doch auch in die Sozialkasse ein, der Unternehmer nicht und wenn der seine Hütte vor den Baum fährt, kriegt der Sozialhilfe ohne eingezahlt zu haben."

„Mhm." Alex dachte darüber nach, wie er das Gespräch wieder in die von ihm gewünschte Bahn lenken konnte.

„Die Krankenschwester ist schon eine arme Socke. Immer ist die dran, wenn es ungerecht ist. Die zahlt für alle, für den Studenten, den Rentner, die Bürgerversicherung, den Aufbau-Ost – die muss reich sein. Wo wohnt die?"

„Aber in die Sozialhilfe zahlt niemand ein – wird das nicht durch Steuern finanziert?"

„Meinst du?"

„Und es ist immer eine Frau, die das Opfer ist. Es ist nie der Krankenpfleger, der Verkäufer..."

„Ein Mann kann eben kein Opfer sein. Er ist schließlich groß und stark, hat breite Schultern und wirkt abschreckend."

Alex versuchte wieder auf den Punkt zu kommen. „Politiker wissen doch gar nicht, was auf der Straße passiert und was das dumme Volk denkt. Und deswegen brauchen wir einen großen Knall."

Statt auf ihn einzugehen fragte Sven: „Warum ist die Kultusministerin eine Frau?"

„Was soll denn das jetzt?"

„Komm, warum ist die Kultusministerin eine Frau?"

Eigentlich konnte Alex froh sein, jetzt hatte nicht er das Thema auf Ministerin Zachäus gebracht. Also spielte er mit: „Ich hab keine Ahnung."

„Weil Männer das nicht können. Sie ist neben den Schülern und Studenten ja auch für Frauen, Jugend und andere Leute ohne Lobby da.

Und Männer können nicht sozial. Wir können nur Herrschen."

„Du wirkst gerade sehr beherrscht. Aber du bist nah am Thema."

Daniel schaltete sich wieder ein: „Was hast du vor?"

„Ich finde, wir sollten ein cooles Graffiti auf ihr Haus schreiben."

Sven war sprachlos.

„Ein Graffiti?"

„Klar, was denkst denn du? Besser kann man eine Message doch nicht rüberbringen. Oder dachtest du, ich schreib einen Protestsong?"

„Solange du den nicht singst", murmelte Sven.

„Und am besten beschreiben wir auch ihren Wagen. Und danach nehmen wir uns das Haus und den Wagen des nächsten Studiengebühren-Befürworters vor."

Noch etwas überrascht sagte Daniel nur: „Alex, ich wusste gar nicht, dass in dir ein Revoluzzer steckt."

„Und das bei einem Juristen", meinte Sven. „Wenn die Unität das rausfindet, fliegst du wegen standesungebührlicher Gedanken raus."

„Sie werden es ja nie erfahren. Ich dachte an etwas wie 'Denken Sie an Ihre Wähler'."

Sven sah Alex an und fragte sich, ob der das ernst meinte.

Und da weder Sven noch Daniel auf die gewünschte Weise reagierten sagte Alex: „Oder 'Wir sind das Volk'."

Und Sven antwortete: „Damit kannst du heute auch keinen Blumentopf mehr gewinnen."

„Wir wollen ja auch nicht Politiker werden."

„Was ist", war Daniels Einwand, „wenn wir noch was machen müssen. Ich meine, wenn das nicht reicht?"

„Das sollte es doch wohl. Mensch, überleg doch mal, wir beschriften der Deutschen liebste Kinder: Ihre Autos. Das ist für die doch schlimmer als eine Kastration. Ich hab das schon alles durchdacht. Sven, du fährst den Wagen."

„Ich, wieso ich?"

„Alles völlig ungefährlich für dich. Du hast schließlich bei Sixt gejobbt."

„Ich finde diesen Fluchtweg etwas gefährlich."

„Wieso?"

„Ein Auto. Das ist doch eine rollende Falle."

„Wir knacken ja keine Bank. Sie kann keinen Alarmknopf drücken. Auch keinen für den stillen Alarm. Und Daniel kommt mit mir und steht in meiner Nähe Schmiere, für den Fall, dass jemand kommt."

„Mhm."

„Ihr müsst ja nicht sofort 'super' sagen. Denkt einfach mal darüber nach. Schließlich merkt niemand, was wir wollen, wenn wir das nicht klar sagen. Und mit einem Banküberfall sagen wir nichts aus."

„Bisher", sagte Sven, „haben wir uns bemüht, nicht auszusagen, um nicht aussagen zu müssen. Eigentlich wollten wir nur auf sanfte Art unser Studium finanzieren."

„Aber wir können mehr tun", meinte Alex. „Ich muss jetzt Judith abholen. Lasst uns nach dem Wochenende darüber sprechen."

Als er zur Tür heraus war, drehte sich Sven zu Daniel um: „Was war denn das für eine Nummer?"

„Ich weiß es auch nicht."

„Ich finde, über das Alter, in dem man auf Züge steigt, um irgendwas draufzusprühen, bin ich hinweg."

„Ich auch. Auch wenn es nur ein Haus und ein Auto ist, das man nicht besteigen muss."

„Hast du das schon mal gemacht?"

„Was? Einen idiotischen Mitwisser umgebracht?"

„Ein Haus angesprüht."

„Du jedenfalls nicht. Ich glaub nämlich nicht, dass 'angesprüht' der richtige Fachausdruck ist. Aber unser kleiner Revoluzzer scheinbar. Sonst hätte der nicht vorgeschlagen, dass er es macht."

„Ja, komisch nicht war?"

„Dass er das nie erzählt hat? Mhm, vielleicht wollte er nicht, dass Judith was davon erfährt."

„Ja, da hat er uns was verschwiegen."

Aber das war nicht alles, was Alex ihnen verschwiegen hatte.

Sven und Daniel müssten aus dem Weg. Eine Verhaftung und eine Verurteilung müsste es sein, hatte er beschlossen. Sven und Daniel würden mit ihrer Beute nichts mehr anfangen können. Und wenn die beiden Täter gefasst waren, dann würde die Polizei nicht mehr nach ihm suchen.

Aber eine kleine Sache mit einer kleinen Gefängnisstrafe würde für seinen Plan nicht ausreichen.

Deshalb musste er die beiden zu einer größeren Sache bewegen oder sie zumindest schwer belasten, als die kleinen Spielchen, die sie im Moment spielten, es taten.

Alex war stolz auf sich. Er hatte schon ganze Arbeit geleistet, fand er.

In den Tagen, in denen sie ihn nicht gesehen hatten, hatte er unter anderem bei seinen Eltern im Keller die Armeewaffe seines Urgroßvaters gesucht, die er mal als Kind gesehen hatte. Und er hatte sie gefunden. Jetzt würde sich die Landerziehung mit all den Schützenfesten doch noch auszahlen, dachte Alex.

Einen kleinen Teil der Beute würde er abschreiben müssen, das war klar. Schließlich brauchte jedes Gericht, das etwas auf sich hielt, Beweise für eine Verurteilung. Und der Griff von dem Geldkoffer würde auch noch gute Dienste leisten, war sich Alex sicher.

Anstatt den Spruch auf die Wand zu sprühen, wollte er dafür sorgen, dass Sven und Daniel aus dem Weg waren. Nur musste er auch dafür sorgen, dass ihn niemand sah. Ein Schuss, dachte er sich, würde reichen, um für die Verhaftung von Sven und Daniel zu sorgen. Warum sollte er sich schließlich mit einem Anteil des Geldes begnügen, wenn er alles allein haben könnte.

Und die beiden würden nie erfahren, dass er mit der Waffe Daniel und Svens Verhaftung provoziert hatte und denken, dass er für diese dumme Sache nicht verantwortlich war. Sven und Daniel würden nach ihrer Verhaftung erst mal die

Aussage verweigern – schließlich waren sie Juristen genug, auch wenn sie noch nicht fertig waren.

Und selbst wenn – schließlich war da noch der Koffergriff. Aber er musste Sie doch noch überreden. Wie konnten die nur so selbstsicher tun?

Aber mit überreden war es nicht getan. Er musste sie locken. Er musste ihnen klarmachen, dass die ganze Aktion dafür sorgte, dass die Studiengebühren verschwinden würden. So unwahrscheinlich das auch war. Welcher Bürger glaubte schließlich noch an den eigenen Einfluss auf die Politik? Er musste sie dazu bringen, an den Einfluss zu glauben. Nur wie?

Als Alex nach dem Wochenende aus der Universität kam, traf er die beiden im gemeinsamen Wohnzimmer an. Sven erzählte gerade, dass die Rückgabe der Klausuren um drei Wochen verschoben worden war: Weitere drei Wochen also, in denen man nicht wusste, ob sich all die Mühe in diesem Semester gelohnt hatte. Und weitere drei Wochen also, in denen man nicht wusste, ob man die Klausur in fünf Wochen wiederholen musste.

„Ich weiß gar nicht", sagte Alex kaum dass er seine Tasche abgelegt hatte, „warum ihr euch so aufregt: In Eurem Studiengang geht es uns doch gut. Wir haben noch die alten Studienordnungen und die alten Abschlüsse, aber bei den anderen Fächern gibt es neue Abschlüsse und keinem ist klar, wie man mit der neuen Studienordnung studieren soll. Man macht nicht mehr ein ordinäres Studium, sondern einen „Bachelor" und man macht keine Examen mehr, sondern einen Master-of-irgendwas. Alles schöne neue Worte. Etwas neu zu machen scheint für die Politiker zu bedeuten, ein möglichst großes Chaos anzurichten. Mal ganz abgesehen davon, dass wir nicht genügend Räume haben und ein Teil unseres Faches am anderen Ende der Stadt sitzt. Da gibt es noch nicht mal einen Automaten für Schokoriegel.

Nirgendwo hat man was davon gemerkt, dass sich was am Studium verbessert hätte, wenn ein anderes Bundesland die Studiengebühr eingeführt hatte."

Sven war ein wenig überrascht, dass Alex so engagiert wirkte und sagte: „Na, wir zahlen ja erst kurz unsere Pinunsen, aber bei uns hat sich doch schon viel getan. Oder ist dir noch nicht aufgefallen, dass es in jedem Seminarraum jetzt einen Beamer gibt, egal ob man ihn braucht, oder nicht."

Alex verzog das Gesicht. „Ja, aber man kann gut Fußball drauf gucken."

„Kann man das Premiere-Abo eigentlich auch aus den Studiengebühren bezahlen?" fragte Daniel.

„Studiengebühren dürfen zumindest nicht für das Personal eingesetzt werden", meinte Sven.

„Klar, aber dann", sagte Daniel, „werden aus „Dozenten" ganz schnell „Mentoren", man verlängert einfach ein paar Verträge mit ein paar Dozenten nicht und stellt die als Mentoren wieder ein und die kann man, da Mentoren kein Stammpersonal sind, wieder von der Studiengebühr bezahlen. Aber warum nicht das Premiere-Abo?"

Alex sah ihn verärgert an. „Dass ihr nichts ernst nehmen könnt", ärgert er sich. „Die Computer sind ein Scheiß. Die Computer-Simulationen laufen besser auf dem eigenen Laptop, den man von zu Hause mitbringt."

„Aber die Universitätscomputer sind doch neu."

„Die Kisten sind teuer und exklusiv, von einem Markenhersteller."

Daniel fing an in der Fernsehzeitung zu blättern und sagte ohne aufzusehen: „Wahrscheinlich haben die Einkäufer in der Universität ein Wochenende gesponsert bekommen, das als „Fortbildung" getarnt war, aber in Wirklichkeit ein Kurzurlaub war."

„Ach was, die kriegen einen Schokokeks, damit sind die schon zufrieden, wo es noch nicht mal einen Schokoriegel-Automaten da gibt."

„Und ein Preisvergleich kostet Zeit", ergänzte Daniel während er weiterblätterte.

„Ja, schließlich ist es nicht ihr Geld, das die da ausgeben."

„Nein, nur die Kohle der Studiengebühr."

„Was da an Geld versenkt wird..."

„Ja, jetzt haben die genug, um es so zu verschleudern, dass wieder nicht genügend Geld da ist."

„Ach, so", sagte Daniel, „von unserem Beamer habe ich euch noch gar nicht erzählt."

„Wir wissen, dass ihr auch einen habt."

„Ja, aber nicht wie er genutzt wird."

„Wie bei uns auch: Für Champions-League-Spiele und Uefa-Cup-Spiele, wenn keine WM ist."

„Ja, und damit unser Prof ins Internet gehen kann und seine Vorlesung damit bestreiten kann, aus der Wikipedia vorzulesen."

„Ausgerechnet der Wikipedia!" rief Sven. „Dem Internet-Lexikon, in dem jeder reinschreiben kann, was er will. Ich meine, wenn er über den Beamer wenigstens eine Kopie aus einem Fachbuch hätte laufen lassen... Aber nein, es ist das Online-Lexikon, das für seine Qualität so bekannt ist, dass seriöse Wissenschaftler es nicht als Quelle nutzen."

„Ja, und bei uns wird daraus vorgelesen. Ich meine, kann man deutlicher sagen: 'Ich bin überflüssig und mein Geld nicht wert'?" fragte Alex.

„Nein", gab Sven zu, „besser geht's nicht."

„Und beim Seminar kann ich von meinem Fenster aus direkt auf die Plakate der Landesbank sehen, als wollten die uns verhöhnen. Die machen für die Studienkredite Werbung mit Slogans wie: 'Jetzt studieren, später zahlen' oder 'Jetzt macht studieren Spaß'."

„Na gut, dass es die Studiengebühr geben wird: Dank ihr haben wir jetzt Spaß am Studium. Und vorher hatten wir das nicht."

„Aber nur wenn du einen Kredit aufnimmst. Und auf einem stand: 'Dank des Studienbank-Darlehns brauche ich mir keine Sorgen zu machen' – ja, solltest du aber, habe ich mir nur gedacht."

Aber es ist schon scharf, dass die Landesbank so offensiv mit einem Produkt, wie dem Studienkredit, Werbung macht."

„Mhm?"

„Überleg doch mal: Das Land. Erst bringen die Studiengebühren auf den Weg, und dann kassieren die an den Studenten nochmals ab, in dem Sie die indirekt zwingen, einen Kredit aufzunehmen. Denn damit das Geld und die Zinsen auch ganz bestimmt beim richtigen landen, baut die Landesbank noch die passenden Kredite."

„Aber die Universitäten sind doch gar nicht dazu gezwungen, eine Studiengebühr zu erheben."

„Das System ist perfide. Ganz abgesehen davon, dass die Universitäten schon vorher keine Kohle hatten, jetzt kann das Land denen den Geldhahn weiter zu drehen mit dem Verweis darauf, dass sie schließlich Studiengebühren erheben können. So kann sich der Zorn der Studenten an den Universitäten entladen und die Landesregierung kann sagen, sie hätte von nichts gewusst."

„Im übrigen gibt es die ersten Zahlen zur Studiengebühr. Seit der Einführung sind die Studentenzahlen um 5% zurückgegangen."

„Das ist aber wenig", meinte Sven und Daniel blickte von der Zeitung auf.

„Ich hätte mit mehr gerechnet", meinte er auch.

„... bei 17 % mehr Abiturienten."

„Autsch." Daniel verzog das Gesicht und Alex fuhr fort:

„Es ist einfach nur klasse: Lasst uns eine Pisa-Studie machen, die sagt: Unterschichten-Kinder bekommen weniger Bildung und dann lasst uns eine Studiengebühr einführen, damit Bildung noch mehr kostet. Super. Ganz großes Tennis ist das."

„Alex", begann Daniel Alex aufzuklären, „du vertust dich da. Unterschichten-Kinder werden durch das Bildungssystem erfolgreich vom Gymnasium ferngehalten. Von der Studiengebühr sind die doch gar nicht betroffen."

„Es reicht mir, dass ich betroffen bin. Egal wie bildungsnah oder -fern ich bin", meinte Sven.

„Was haltet ihr eigentlich von meiner Idee", sprach Alex seinen Plan nochmals an. Er erzählte ihnen alles, was er sich überlegt hatte und zu seiner Überraschung war es gar nicht so schwer, Daniel und Sven zu überzeugen. Schließlich konnte Alex nicht wissen, dass Daniel Sven schon längst vorgeschlagen hatte, ein Zeichen zu setzen. Außerdem war Daniel sehr neugierig auf das Graffiti. Und Daniel hatte Sven davon überzeugen können, dass ein aktiver Alex einen besseren Mittäter abgab, als der Erpresser Alex. Schließlich konnten sie beide belegen, dass sie keine Graffiti-Sprayer waren und so würde Alex bei einer Verhaftung als Kopf der Bande viel glaubhafter wirkte.

„Damit können wir unseren Erpresser erpressen", hatte Daniel gesagt, „so gäbe der einen viel besseren Haupttäter ab und wir können uns besser in die Kronzeugenrolle bringen."

Als sie aber den Jägerzaun übersprangen und sich durch die Hecke quetschten, fragte sich Daniel, ob das wirklich eine so gute Idee war. Alex dagegen hatte nichts von der Idee gehalten, andere Kleidung zu tragen. Er trug nur alte Sachen, während Daniel in Latzhose, Jacke und Handschuhe wie ein Gärtner aussah.

„Findest du das nicht ein wenig albern?" hatte Alex gefragt.

„Nein", war Daniels Antwort gewesen, „es kann ganz hilfreich sein."

„Mm, na ja", meinte Alex, „schließlich ist der Mörder immer der Gärtner."

Sie hielten sich immer noch vorsichtig am äußeren Rand des Grundstücks. Alex hatte einen Stoffrucksack mit, in dem die Sprühdosen lagen.

Plötzlich erstarrte Daniel. „Da sind Sicherheitsleute", flüsterte er.

Alex blieb nicht mal stehen. „Die gehen auch wieder. Gib mir ein Zeichen, wenn die Luft rein ist." Und damit ging er über die Wiese, um sich hinter dem Rhododendronstrauch zu knien.

Im oberen Stockwerk ging hinter einem Fenster Licht an.

Daniel blieb hinter einem Baum stehen. In der Dämmerung verschwamm er mit dem Stamm und den Pflanzen hinter sich. Alex konnte das nicht sehen.

Er sah sich die Leute genauer an, die er für Sicherheitskräfte gehalten hatte. Irgendwie machten die einen zu harmlosen Eindruck, als dass es sich um Personenschützer handeln konnte. Für eine Sekunde fragte er sich, ob sie an dem richtigen Haus waren. Sie waren so unbemerkt auf das Grundstück gelangt, sie hatten sich so frei bewegt, niemand hatte sie aufgehalten – es war als wären sie gar nicht aufgefallen. Irgendwie hatte Daniel damit gerechnet, gar nicht auf das Grundstück zu kommen.

Die Leute waren gegangen. Offenbar blieb die Ministerin allein zurück. Ein Bobby-Car lag umgekippte am Weg. Sonst war nichts zu sehen. Daniel blieb still und beobachtete weiter die Frau, die vor ihrer Haustür stand und die Abendluft atmete.

Daniel warf einen kurzen Blick zu Alex.

Alex ließ den Stoffrucksack von der Schulter gleiten. In dem Licht aus dem Fenster des oberen Stockwerkes zeichnete sich der Rucksack deutlich ab.

Plötzlich merkte Daniel, dass nicht alle Sprühdosen die Form einer Sprühdose hatten. Wie ein Bühnenscheinwerfer lag der Lichtschein aus dem oberen Stockwerk auf dem Rucksack. Wenn jetzt irgendjemand durch einen so dummen Zufall aus dem Haus sah, musste man genau das gleiche sehen, wie Daniel. Er sah sich wild um. Noch sah er niemanden und noch sah niemand, dass in dem Rucksack nicht nur Sprühdosen lagen. Nach außen drückte sich vielmehr die Form eines Revolvers durch. Der Lauf, die Trommel und der Griff waren gut zu erkennen.

Daniel erstarrte. Er konnte Alex nichts zurufen, ohne selbst aufzufallen und er konnte nicht zu Alex hinüber laufen, ohne Aufmerksamkeit zu erregen.

In diesem Moment zog Alex die Waffe heraus und schoss.

Für Daniel war das der Augenblick, in dem er seinen Verstand nicht brauchte, um zu laufen.

Alex warf die Waffe in den Rasen.

Mit einem Blick über die Schulter sah Alex, dass Daniel nicht auf der Flucht war, sondern zu der Ministerin lief und dachte: „Besser kann's nicht laufen, dieser Idiot."

Alex lief in die andere Richtung. Alex lief aber nicht zum Fluchtauto, stattdessen rannte er durch den Garten auf die andere Seite des Hauses.

Als Daniel bei der Ministerin ankam, sah er das Blut auf dem Boden. Ministerin Zachäus stand wie versteinert an dem Türpfosten und sah auf den Boden, als Daniel eine Entscheidung traf. Eigentlich hatte er sie in dem Moment getroffen, als er auf die Tür zulief.

„Wo ist ihr Personenschutz?" war das Erste, was er fragte.

Aber Ministerin Zachäus war in diesem Moment gedanklich nicht bei ihren Beschützern.

Stattdessen fragte sie aufgeregt: „Wer sind denn Sie?"

Daniel wusste, dass es jetzt schwierig werden würde, trotzdem griff er nach dem Kind.

„He, sie! Was wollen Sie?" Zachäus griff nach seinem Arm. „Was wollen Sie von meinem Kind? Stefan? Lassen sie ihn in Ruhe!"

Daniel befreite sich aus dem Griff. „Halten Sie die Klappe! Ich will ihnen helfen!"

Aber ohne darauf zu achten, rief Zachäus: „Hilfe! Mein Kind! Da läuft ein Entführer!" denn Daniel hatte sich schon in Bewegung gesetzt. Bis der Krankenwagen gerufen, angekommen und dann zum Krankenhaus aufgebrochen wäre, wäre er mit Sven längst angekommen – und mit Stefan. In diesem Moment fiel ihm wieder Sven ein. Er hoffte, dass der noch da war. Den hatte er völlig vergessen. Der Weg von hier aus zum Krankenhaus war kürzer, dachte er nochmal, als der von der Feuerwehr hierher. Denn von da kamen die Krankenwagen. Es hätte alles nichts geholfen, dachte Daniel, anders wäre es gar nicht gegangen und drückte den Körper fester an sich.

Daniel japste über den Rasen. Trotz allem Hochschulsport war er schnell außer Atem. Die Hilferufe hinter sich hörte er schon nicht mehr. Er hörte mehr das Blut in seinen Ohren rauschen. Mit Schwierigkeiten stieg er durch die Hecke und lief über die Straße zu dem wartenden Auto.

„Mach die Tür auf!" rief er noch im Laufen.

Sven öffnete von Innen die Tür für Daniel.

„Was ist los? Was ist das für ein Paket?" fragte er.

„Der Sohn", antwortete Daniel kurzatmig.

„Der Sohn? Was... ah! Der blutet ja! Auf die Rückbank mit ihm. Was ist mit Alex?"

„Der hat geschossen!"

„Alex?"

„Ja! Gib mir die Decke."

Sven kramte eine Decke heraus und übergab sie. Daniel setzte sich auf die Rückbank und bastelte einen Verband.

„Und wo kommt das ganze Blut her? Du bist voller Blut! Bist du auch verletzt?"

„Nein, das ist seins. Los, zum Krankenhaus!"

Noch während er den Motor startete fragte Sven: „Ist er...?"

„Noch nicht."

„Er ist so ruhig."

„In dem Zustand ist jeder ruhig." Und dann fragte Daniel, der nicht aufguckte, sondern damit anfing den Erste-Hilfe-Kasten zu plündern: „Ist da jemand hinter uns?"

„Nee."

Daniel fuhrwerkte weiter auf der Rückbank rum und sagte dann: „Verdammt, warum kriegen Politiker selbst dann nicht mit was läuft, wenn sich was direkt vor ihrer Nase tut?" Und dann sagte er zu Sven, der sich nach hinten umdrehte: „Pass auf die Straße auf!"

„Jaja. Was hat sie nicht mitbekommen?"

„Diese dusselige Kuh hat geglaubt, ich wollte ihr Blag entführen!"

„Was?"

Daniel konnte bereits das Krankenhaus sehen. „Frag mich nicht. Halt hier. Du fährst nach Hause. Ich komme nach."

Sven hielt am Straßenrand. „Und du?"

Daniel schob sich aus dem Auto, Stefan auf dem Arm. „Ich werde mich durchkämpfen."

Er lief die letzten Meter zur Notaufnahme und Sven sah zu, dass er möglichst schnell weg kam, und das, ohne den Wagen abzuwürgen oder ähnliches Auffälliges.

Daniel erreichte bereits die Notaufnahme. Er war direkt durch den Eingang für die Ambulanzen gegangen ohne das Risiko einzugehen, durch den Haupteingang zu gehen und dann durch das Krankenhauslabyrinth zu laufen. So war er direkt bei den Krankenschwestern und mit einem Kind auf dem Arm konnte er sich deren Aufmerksamkeit gewiss sein.

„Was ist denn passiert?" fragten sie ihn.

„Ein Verrückter mit einer Waffe hat geschossen."

„Sind sie der Vater?"

„Nein, ich hab ihn nur gebracht."

Sie brachten Stefan zum Röntgen. Das konnte nicht lange dauern, dachte sich Daniel. In modernen Krankenhäusern lag die Röntgenabteilung bei der Notaufnahme und die Operationssäle waren auch nicht weit entfernt.

„Bleiben Sie bitte hier." Sie wiesen ihm einen Stuhl zu. Ihm war klar, die würden die Polizei rufen. Die würden schnell hier sein, wahrscheinlich würde denen schon beim Anruf klar sein, um wen es sich handelt, der da gerade ins Krankenhaus eingeliefert worden war.

Daniel ging an dem Bereitschaftsraum der Notaufnahme vorbei tiefer ins Innere des Krankenhauses. Er ging weiter bis er an eine Tür ohne Beschriftung kam. Eine Tür ohne Aufschrift bedeutete so viel wie eine Tür mit der Aufschrift „privat" oder „nur für Personal".

Daniel öffnete die Tür und sah schon von dort aus zwei gefüllte Tüten, auf denen ein großer Aufdruck „Achtung, Patienteneigentum" prangte, und zwar so offensichtlich groß, als würde „los, klau mich" darauf stehen.

Daniel nahm die Einladung auf der einen Tüte an und holte eine Jeans heraus, die ihm viel zu groß war. Aber er hatte keine Wahl. Seine Kleidung war blutverschmiert und in der zweiten Tüte lagen Klamotten, die ihn wie bunter Hund hätten aussehen lassen. Er musste seine Kleidung loswerden.

Er nahm eine neue Tüte, auf der 'Patienteneigentum' stand von einem Stapel an der Tür und stopfte seine blutige Gärtnerkleidung hinein. Die Gärtnerhandschuhe flogen hinterher. Dann nahm er aus einem Spender, der an der Wand hing, zwei Einmalhandschuhe und zog sie über. Fingerabdrücke wollte er auch hier nicht hinterlassen.

Bevor er seine neue Sachen anzog, legte er das Portemonnaie, Uhr und den Schmuck des Fremden in die alte Tüte zurück. Er rollte die Tüte mit seiner Gärtnerkleidung zusammen und klemmte sie unter den Arm. Er trat auf den Gang. Niemand war da. Im nächsten Gang beachtete ihn niemand.

Judiths Auto stand nicht vor der Wohnung. Daniel ging erst nicht weiter als bis zur nächsten Ecke und blieb dort auf der anderen Straßenseite stehen. Er sah zu der Wohnung hoch, in der Licht brannte. Daniel fragte sich, ob man ihn schon erwartete. Er könnte in der Wohnung anrufen, dachte er.

Dann ging er in das Haus.

Als er die Wohnungstür öffnete lag die Wohnung ruhig vor ihm. Keine Polizisten, keine GSG9, die ihn auf den Boden warf.

Er legte den Haustürschlüssel auf das nächste Tischchen und ging in das beleuchtete Wohnzimmer.

Sven saß auf dem Sofa und sah gespannt zur Tür. Als er Daniel erkannte, entspannte er sich sichtbar.

„Und Alex ist nicht hier?" fragte Daniel. „Traut sich wohl nicht, der weiß was ihm blüht. Typisch Amateure!" Daniel ließ Sven gar nicht zu Wort kommen. „Scheiße! Und so wird aus einem Diebstahl ein Raub, man muss nur eine Waffe einstecken. Hat der blöde Idiot auf der Unität eigentlich nichts gelernt?"

„Der blöde Idiot ist tot."

„Woher willst du das wissen? War die Polizei schon da?"

„Nein, aber die Nachrichten bringen die ersten Infos. Sie wissen noch keine Namen, aber der Täter wurde von den Sicherheitsleuten erschossen, als er sie angriff, und sein Mittäter ist noch auf der Flucht."

„Oh Gott!"

„Ja, Herr Mittäter."

„Und das Kind?"

„Keine Neuigkeiten. Wir haben nicht lange, um zu überlegen, was wir machen. Die Polizei ist frühestens in 15 Minuten, spätesten morgen Mittag hier."

„Wo ist das Auto?"

„Ich hab es zum Hauptbahnhof gefahren. Schließlich muss die Polizei nicht gleich darauf kommen, dass der Mittäter hier zu finden ist. Was sind das für Klamotten, die du an hast?"

„Geklaut."

„Wir sind ganz schön tief gesunken, was? Von dem Geld zur Kunst und jetzt Second-Hand-Kleidung klauen."

„Müssen wir an noch etwas denken?" fragte Daniel und lehnte sich gegen den Türrahmen. Er hätte sich gern gesetzt, aber er wollte nicht, dass irgendwelche Fussel an dem Sofa hängen blieben.

„Wir sind alle schon mal mit Judiths Auto gefahren, es ist also nicht schlimm, wenn die da Spuren von uns finden. Was ist mit den Gärtnerklamotten?"

„Die habe ich in einer Mülltonne von einem Restaurant abgeladen."

„Dann noch weg mit den geklauten Klamotten."

„In den nächsten Altkleidercontainer."

„Wir hinterlassen eine ganz schöne Spur."

„Sonst noch was?"

„Dann fahren wir zu unseren Eltern. Schließlich ist die Woche fast zu Ende. Du fährst noch heute. Ich warte noch auf Judith und fahre dann auch."

„Warum fahre ich zuerst?" wollte Daniel wissen.

„Weil du in dem Krankenhaus warst und je später die Polizei auf so eine geniale Idee wie eine Gegenüberstellung kommt, desto besser."

„Sollten wir nicht zusammen bleiben und uns gegenseitig ein Alibi geben?"

„Hat dich jemand gerade gesehen?"

„Du meinst von den Nachbarn?"

„Oder sonst wer? Der Kioskbesitzer um die Ecke?"

„Nein, ich denke nicht."

„Dann besser nicht. Wenn die Polizei uns mit einem gegenseitigen Alibi antrifft, bringen die uns vielleicht mit mehr in Verbindung und schwups, gibt es plötzlich zwei Mittäter. Und auf den Gedanken, oder bessere, wollen wir die doch nicht bringen, oder? Im übrigen können wir uns aber am besten gegenseitig helfen, wenn die weiter nur von einem Mittäter ausgehen und dann können die sich aussuchen, wen von uns die verdächtigen wollen."

Daniel gab sich geschlagen. Jetzt, wo er wieder zu Hause war, fühlte er sich verwirrt. Als er noch unterwegs gewesen war, hatte alles einen Sinn ergeben – zumindest hatte er gewusst, was er tun musste. Aber nachdem die Tür hinter ihm ins Schloss gefallen war und er auf die gemütliche Couch blickte, wusste er nicht mehr, was er tun sollte. Er tat, was Sven ihm sagte.

Als Judith nach Hause kam, war Daniel längst auf dem Weg. Sven sah noch ein wenig fern. Judith war etwas irritiert, als sie Alex nicht zu Hause antraf. Sven beantwortete ihre Frage, wo er denn sei, kurz mit „Keine Ahnung" und bei der Nachfrage nach Daniel ebenso schnell mit „Ist zu seinen Eltern gefahren". Dann sah er zu, dass er selbst seine Tasche packte.

„Ich fahr jetzt auch", verabschiedete er sich ins Wochenende. Er wollte auf keinen Fall dabei sein, wenn die Polizei kam und Überraschung heucheln. Das würde er nicht auch noch durchstehen.

Aber zu Hause musste er dann doch den verblüfften spielen. Denn die Nachrichten brachten es im Fernsehen. Er hätte es voraussehen können, dachte er. Am gleichen Abend konnte Sven bereits Sondersendungen über die Schüsse auf die Ministerin sehen. Live-Übertragungen von der Straße vor dem Haus von Ministerin Zachäus zeigten weiß gekleidete Gestalten, die im Hintergrund, hinter den berichtenden Reporter in grellen Scheinwerfer durch den Ministergarten stapften. Verdammt schnell, dachte er, hatten sie eine Menge herausgefunden. Wie Daniel vorher gesehen hatte, war denen schnell klar geworden, wessen Kind ins Krankenhaus gebracht worden war. Über die Details der Einlieferung des Kindes, von wem und wann, schwieg man sich aus.

Selbst die starken Scheinwerfer, die den Garten der Ministerin zu einer hellen Bühne machten, und auch die vielen Polizisten, machten Sven nicht klar, wie ernst die Lage für ihn und Daniel war. Er dachte mehr an das blutige Bündel, das sie im Auto gehabt hatten.

Aber die Moderatorin konnte bereits verkünden, dass das Kind überlebt hatte. Die Verletzung war nicht so schwer gewesen.

Danach schaltete der Sender direkt zur Pressekonferenz.

Der Vertreter der Staatsanwaltschaft teilte die neuesten Erkenntnisse mit.

Oh Gott, dachte Sven in diesem Augenblick und rutschte tiefer in die Polster der Couch. Das nächste Mal, dachte er, machen wir wieder etwas kleines, einen Kaugummiautomaten überfallen oder so was, aber ganz bestimmt nichts größeres mehr.

Als Sven den Bundesanwalt auf der Mattscheibe sah, wurde ihm plötzlich klar, dass sie es diesmal nicht mit den ganz gewöhnlichen Polizisten zu tun bekommen würden. Und sie würden die Polizei auf jeden Fall am Hals haben – schließlich wohnten sie in der gleichen Wohnung wie der Attentäter.

Ganz abgesehen davon, dass sich jeder rechtfertigen musste, der auch nur annähern mit der Sicherheit der Ministerin zu tun hatte – und auch die, die nichts mit der Sicherheit zu tun hatten.

„Ist das nicht ein eher außergewöhnliche Situation?" fragte gerade einer der Journalisten und ließ Sven zusammen zucken. Aber der Bundesanwalt antwortete einfach: „Zu den Arbeitstechniken des Personenschutzes können wir nichts sagen."

Offenbar ging es noch nicht um Alex Mitbewohner und ihre „Terrorzelle", sondern darum, warum die Personenschützer die eine Seite des Hauses unbewacht gelassen hatten, und sich darüber hinaus nicht bei der Ministerin befanden.

„Können Sie was zu den Tätern sagen?" wurde weiter gefragt.

„Es handelt sich dabei wohl um Studenten, die der Ministerin ihre Lebenssituation an lasten und die wegen ihrer finanziellen Situation einen Hass auf die Politik haben."

Die sind aber schnell, dachte Sven. Und dabei hatten die nur Alex und wussten noch gar nichts von seinen Mitbewohnern – oder etwa doch? Dann konnten sie jeden Augenblick hier sein.

Die Journalisten stellten weiter Fragen.

Sven sah Richtung Wohnungstür.

„Das Kind von Ministerin Zachäus soll involviert gewesen sein", fragte ein Journalist.

Sven setzte sich so, dass er die Wohnungstür im Auge hatte.

„Ja, offenbar handelt es sich nicht um eine durchdachte Tat", war die Antwort des Staatsanwaltes.

An der Tür tat sich nichts.

„Der Innenminister spricht im Zusammenhang mit dem Anschlag auf eine Ministerin von einem glatten Fall von Terrorismus."

Der Staatsanwalt hielt sich zurück. „Es ist nicht meine Aufgabe politische Kommentare zu kommentieren."

„Aber Sie sind als Praktiker direkt an der Sache. Der Innenminister schlägt vor, die Biometrie auch auf Studentenausweise zu erweitern."

Sven lachte in sich hinein. Was Studentenausweise und Körperdaten im Studentenausweis mit der Sache zu tun hatten, erklärte der Innenminister nicht. Aber es reichte, um Sven von der Tür abzulenken. Typisch, dachte er, Hauptsache man zeigt, dass man was tut. Auch noch so fälschungssichere Ausweise hätten niemanden vor Alex geschützt. Aber jetzt kann man mit allen Gesetzesverschärfungen kommen, die man sich sonst nie zu fordern gewagt hätte, aber immer schon einführen wollte.

Der Journalist kitzelte den Staatsanwalt weiter. „Der Innenminister spricht auch von einer Universitätskultur und regt ein Gelöbnis bei Studenten an."

Aber der Staatsanwalt blieb unbeeindruckt. „Über die Maßnahmen des Innenministeriums kann ich nichts sagen, nur was den Verlauf der staatsanwaltschaftlichen Ermittlungen angeht."

Sven wollte sich den journalistischen Grabenkrieg nicht weiter anhören.

Immerhin war Alex Name noch nicht gefallen, also konnte noch niemand wissen, um wen es sich handelt.

Er würde jetzt regelmäßig die Nachrichten hören, nahm er sich vor, um herauszufinden, ob sie ihn und Daniel schon suchten.

Aber die Polizei suchte nicht nach ihnen. Sie warteten, bis Daniel und Sven aus dem Wochenende kamen und bat sie am Montag morgen zur Aussage aufs Revier.

Es war Judith, die sie darüber informierte.

Irgendwie hatte Sven gedacht, die Polizisten würden in ihrem Wohnzimmer campieren oder zumindest auf dem Sofa sitzen und sie schon bei ihrer Rückkehr aus dem Wochenende erwarten. Stattdessen hatten sie Judith gebeten, sie am Montag zum Revier zu schicken.

Aber das erste, was Judith sagte, war: „Alex ist tot."

Sven hatte sich so viele Gedanken darüber gemacht, dass sie es nicht mehr mit ein paar Wachtmeistern zu tun hatten, sondern mit Spezialisten, dass er gar nicht daran gedacht hatte, was das Ganze für Judith bedeutete. Umso überraschter sah er jetzt aus, als sie ihm die Todesnachricht überbrachte und er nur mit belegter Stimme sagen konnte: „Was?"

In diesem Moment ging die Tür auf und Daniel warf seine Reisetasche in den Flur. Er zumindest, dachte Sven, hatte sich gar keine Gedanken gemacht. Daniel sah aus wie das blühende Leben. Und als Judith sagte: „Alex ist tot", nahm er sie sofort und ohne etwas zu sagen in den Arm.

Da war er wieder, dachte Sven, der alte Daniel, immer Herr der Lage. Auch wenn er ein wenig schauderte, als Daniel fragte: „Was ist denn passiert?" und entgeistert und überrascht „Nein!" rief, als Judith Einzelheiten der letzten Tage berichtete.

Sven ging in die Küche um zu sehen, ob er sich an der Kaffeemaschine nützlich machen konnte.

Daniel, der einfühlsame, kümmerte sich um Judith. Sie schüttete ihm ihr Herz aus, ohne etwas zu sagen.

Als sie sich so einigermaßen erholt hatte, fragte sie:

„Wieso hat er das getan? Ich meine, was für einen Grund hat er gehabt?" fragte Judith.

Genau den gleichen Satz hatte Sven bereits gehört. „Aber warum hat er das getan", hatte auch Svens Mutter gefragt, als er sie über den aktuellen Stand informierte. „Das arme Mädchen", meinte seine Mutter. „Das ist schon schlimm, wenn der Freund so stirbt."

„Aber warum hat er das nur getan?"

Und Sven hatte nur überaus wahrheitsgemäß antworten: „Wenn ich das nur wüsste."

„Wusstet ihr, dass die Polizei glaubt, dass er das Kind in meinem Wagen zum Krankenhaus gebracht hat?"

„Nein!" rief Sven entsetzt, aber Judith hielt Svens Reaktion für Mitgefühl. Sven wurde plötzlich klar, wie nah die Polizei ihnen war. Und Daniel war das auch klar. Seine linke Hand fing an zu zittern.

„Wirklich?" fragte Sven.

„Ja", sagte Judith und sie berichtete noch, dass die Polizei ihr Auto am Bahnhof gefunden hatte und untersuchte, schließlich hatte Alex ja einen Schlüssel zu ihrem Wagen gehabt. „Ich glaube", sagte sie, „ich kann nie wieder in dem Auto fahren. Jedes mal wenn ich damit fahren würde, würde ich die Blutflecken von dem Kind auf den Polstern sehen, auch wenn die Polster noch so sauber sind."

Aber die größte Überraschung hatte sie sich aufgehoben. Dann holte sie tief Luft und sagte dann: „Ich ziehe aus."

Da wurde Daniel und Sven klar, dass ihnen mit Alex schon ein Mitbewohner fehlte. Und da nun Judith auch auszieht, brauchten sie sogar zwei neue Mitbewohner.

Es war etwas kurzfristig und ganz und gar nicht der günstigste Zeitpunkt, der war immer zu Semesteranfang, wenn neue Studenten in die Stadt kamen und Unterkünfte suchten, aber ihnen war auch klar, dass sie von jetzt an keine Minute länger warten konnten, um zwei neue Mitbewohner zu finden. Und dann auch noch gleich zwei!

„Ich hatte genügend Zeit, darüber nachzudenken", sagte sie. „Aber macht euch keine Sorge", sagte Judith, „ich zahle noch die restliche Miete, ist doch klar."

„Das ist echt plötzlich", sagte Daniel verdattert.

„Ja", gab Judith zu. „Aber in den nächsten Wochen wäre meine Studienzeit eh zu Ende gewesen. Es war eine schöne Zeit mit euch und ich werde mich gern daran erinnern. Ich glaube, das ist jetzt der beste Zeitpunkt."

„Und deine Sachen?" fragte Sven.

„Na", sagte Judith, „viel ist es nicht. Alex' Eltern waren schon da und haben seine Sachen bereits geholt. Ich hole meine in den nächsten Tagen."

Sie stand auf.

„Macht's gut ihr beiden. Meldet euch mal."

Und an der Tür sagte sie noch: „Danke für alles."

Daniel lächelte schwach und sagte: „Ach was."

Aber als die Tür hinter Judith zu war, schloss Sven die Augen und Daniel ließ sich auf das Sofa fallen, saß nach vorn gebeugt, mit auf den Ellenbogen gestützten Armen und verdeckte mit zitternden Händen seine Augen.

Sven ging kurz in dem Zimmer herum, dann sah er aus dem Fenster Judith nach.

„Was zur Hölle treiben die Bullen?" fragte Sven plötzlich und drehte sich zu Daniel um, der immer noch seinen Kopf mit den Händen abstützte. „Wieso erzählen die, Alex hätte das Kind ins Krankenhaus gebracht? Wie soll das gehen?"

„Ich weiß es nicht." Daniel wirkte blass.

„Das passt doch alles nicht zusammen! Erst bringt er das Kind weg und dann fährt er zurück, um sich erschießen zu lassen?"

„Ich weiß es nicht." Daniel rieb sich nervös die Hände.

„Oder fährt zurück, um am Tatort zu verbluten? Und wie hat er das zeitlich geschafft? Sind die Bullen so schlecht, dass die es noch nicht mal schaffen einen ordentlichen Zeitplan aufzustellen, um zu sehen, wann Alex wo war?"

„Ich weiß es nicht!" rief Daniel jetzt schrill.

„Kein Grund mich anzuschreien!" brüllte Sven jetzt.

„Ich geh mich besaufen", antwortete Daniel nur.

„Quatsch nicht", sagte Sven. „Wir wussten, dass die Bullen die Verbindung finden würden. Wir wussten, dass Judiths Auto genau untersucht werden würde. Und genau deswegen hast du es am Bahnhof abgestellt, erinnerst du dich?"

„Natürlich. Aber trotzdem – es ist etwas anderes, wenn sie einem so auf die Schliche kommen, selbst wenn man damit gerechnet hat."

„Ja", gab Sven zu. „Und trotzdem: Reiß dich zusammen. Die ermitteln nicht gegen uns."

In welche Richtung die Polizei auch immer ermittelte, sie hielt sich bei der Unterredung am nächsten Morgen damit zurück, auch nur einen einzigen Hinweis zu geben.

Svens Termin bei der Polizei lag nur eine halbe Stunde nach Daniels Termin. Er machte seine Aussage zwei Räume weiter vor einem anderen Beamten. Wenn sie beide ihre Aussage hinter sich gebracht hätten, wollten sie sich treffen.

Daniel saß bereits an einem Tisch auf dem Bürgersteig vor dem Lokal, hatte eine Sonnenbrille auf und las in einer Zeitung.

„Poah, was bin ich froh, dass das hinter uns liegt", sagte er mit einem Lächeln, als Sven sich gesetzt hatte.

„Glaubst du. Jetzt geht das erst richtig los. Die kommen jetzt täglich vorbei und sagen: 'Ich hab da noch eine Frage'."

„Du hast zu viel 'Colombo' geguckt. Die waren schließlich auch nicht da, als wir aus dem Wochenende zurück kamen, sondern haben uns höflich über Judith zum Gespräch gebeten und uns gefragt, was wir wüssten."

Er grinste. „Besser geht's doch nicht. Die haben mich noch nicht einmal gefragt, wann ich abgefahren bin, nur, ob mir an Alex am Donnerstag Abend etwas aufgefallen wäre. Die sind wohl davon ausgegangen, dass Judith meine Abreise gesehen hat."

„Dabei habe ich Judith von deiner Abreise nur erzählt."

„Oder Judith hat es den Polizisten so erzählt, als wäre sie dabei gewesen."

„Egal. Mich haben die noch gefragt, ob er in letzter Zeit etwas besonderes erwähnt hätte und nach seinen anderen Freunden."

„Und ob er in letzter Zeit plötzlich mehr Geld gehabt hätte. Haben die dir auch den Griff gezeigt?"

„Den Griff von unserem Geldkoffer? Nein."

„Dann war es wohl auch nicht so wichtig. Gibt es schon Neuigkeiten in der Zeitung?"

„Zu unserem Fall? Nein, aber der alte Angstneurotiker von Innenminister denkt über neue Datenspeicherungen von Privatdaten nach."

„Wieso kann man Politiker nicht auf eine Spielwiese setzen, von wo aus sie keinen Schaden anrichten können und egal womit die spielen, es dringt nichts nach außen?"

„Aber das haben wir doch bereits: Wir nennen es Parlament."

„Nur, dass die Emissionen die Bürger doch zu sehr irritieren."

„Okay, wir haben es nicht komplett abdichten können."

„Die Terroristen sind da geschickter. Die bauen sich einfach einen eigenen Server, über den sie Mails verschicken können. Das kann jeder Informatiker im zweiten Semester, oder es nachlesen, wenn er nicht völlig verblödet ist."

„Das braucht man nicht mal. Echte Terroristen melden üblicherweise irgendwo irgendein Mail-Konto an und benutzen das eine Mail-Konto zusammen. Die schicken sich keine E-Mails zu, sondern schreiben Nachrichten, die sie als Entwurf abspeichern und da jeder anderer Terrorist ihrer Gruppe auch auf das E-Mail-Konto zugreifen kann, werden die nicht als Mail verschickt, sondern nur gelesen und neue Mails als Antwort in den Entwurf-Ordner abgelegt. Da kommt kein Innenminister ran, weil ja nichts verschickt wird und nichts abgehört werden kann."

„Aber Hauptsache der Innenminister und sein Parlament schaffen Gesetze, mit denen man Mailverkehr abhören kann..."

„Es ist alles wie immer in der Politik: Wir schaffen unnütze Gesetze. Das ist ja nichts Neues."

„Sag das nicht zu laut, sonst wollen die demnächst auf alle Mail-Konten gucken, egal ob die Mails verschickt wurden oder nicht."

„Zu spät: Es steht bereits in der Zeitung."

„Prima, als Anleitung für den modernen Terroristen: 'So kommen Sie an untauglichen Gesetzen vorbei'."

„Im übrigen: Wir müssen uns einen neuen Mitmieter suchen. Genau genommen zwei."

„Das sollte kein Problem sein. Es ist zwar nicht die beste Zeit dafür, aber schließlich gibt es kaum bezahlbare Wohnungen für Studenten. Wir hängen einfach in der Uni Zettel auf. Alles wie gehabt."

Sie tackerten Din-A4-Zettel an die Wände der Universität, auf denen sie bekannt gaben, dass zwei Zimmer in einer 4-Personen-WG frei seien. Sie machten vor keinem schwarzen Brett halt, auch nicht vor denen der Soziologen und Pädagogen und trafen sich vor dem Anschlag vor der Bibliothek.

„Und wenn wir so kurzfristig niemanden finden?" fragte Daniel.

„Da habe ich gar keine Sorge, eher vor den Spinnern, die mal die Wohnung eines Terroristen sehen wollen – oder erst gar deswegen einziehen wollen."

„Geld ist Geld", meinte Daniel.

„Spinner ist Spinner", entgegnete Sven.

Und wie aufs Stichwort stand schon der erste neben ihnen. Sven erkannte sofort, dass er aus dem Semester unter ihnen kam. Er sah sich den Aushang an, den Daniel und Sven befestigt hatten und fragte: „Hat bei euch nicht dieser Alex gewohnt?"

„Glaub nicht alles, was in der Zeitung steht", entgegnete Daniel.

Der Jüngere nahm ihre Telefonnummer mit, weil seine Freundin eine neue Wohnung brauche und ging dann Richtung Mensa.

„Ich hab da eine prima Idee", sagte Daniel.

„Und ich darf's wieder ausbaden. Bitte nicht."

„Damit können wir die Bude bis zum Ende unseres Studiums finanzieren. Und wir müssten keine Fremden einziehen lassen."

„Ach, ja?"

„Ja, wir machen noch einen Bruch, einen einzigen noch."

Ebenfalls von Tom Weber erhältlich:

Tod im Arbeitsamt